Un Désir de vengeance

© John Dorie, 2025
Édition : BoD - Books on Demand, 31 avenue Saint-Rémy,
57600 Forbach, bod@bod.fr
Impression : Libri Plureos GmbH, Friedensallee 273,
22763 Hamburg (Allemagne)
ISBN : 978-2-3225-7000-3
Dépôt légal : Juin 2023

JOHN DORIE

Un Désir de vengeance

Avant-propos

Beaucoup de gens se demandent pourquoi je passe les trois quarts de mon temps à écrire. Je réponds que, pour moi, c'est une manière de me socialiser.

Une autre question revient souvent : pourquoi toutes mes histoires se déroulent-elles aux États-Unis ? Là aussi, j'ai une réponse simple que j'ai déjà formulée lors d'un précédent témoignage : « L'idée de raconter des histoires situées au cœur d'une Amérique malade et passionnée m'a permis de prendre plus de liberté avec la fiction. »

Il semble que l'Amérique se soit enfin libérée d'un président qui lui a infligé quatre ans de mensonges. Dès la fin de l'été 2002, lors du premier anniversaire du 11 septembre, alors qu'on parlait déjà d'une éventuelle invasion de l'Irak, Paul Auster, romancier et cinéaste américain, avait publié une tribune dans le *New York Times* pour mettre en garde contre ce qui, à ses yeux, menaçait de devenir une catastrophe à l'échelle mondiale. Selon Auster, la guerre en Irak fut la pire et la plus stupide erreur jamais commise par une administration américaine. Force est de constater qu'avec le temps, il avait raison.

En 2016, toujours fidèle à ses racines ouvrières et engagé auprès des laissés-pour-compte, le chanteur et compositeur Bruce Springsteen publia son autobiographie, *Born to Run*. Une radiographie du rêve américain et un récit de sa longue histoire de dépression. Springsteen demeurait pour moi une énigme fascinante et irrésolue, mais en lisant ce livre, j'ai découvert plus de quarante ans de carrière remarquables et, surtout, l'histoire d'un fils d'ouvrier du New Jersey qui n'a jamais trahi les siens, refusant à George Bush et à la marque Chrysler d'utiliser son plus grand succès, *Born in the U.S.A.*

Comme lui, je suis né dans une ville en bord de mer où presque tout respire l'imposture, y compris moi. En écrivant, je cherche à trouver une place parmi les imposteurs pour tenter de servir la vérité. Bruce Springsteen porte cela en lui, comme beaucoup d'êtres humains. L'écriture me permet aussi de soigner ma dépression d'une manière littéraire, un peu comme William Styron dans son livre *Face aux ténèbres*. Mes histoires ne sont pas l'alpha et l'oméga de mon existence, mais elles y ressemblent, que je le veuille ou non.

Quand on a la chance de voyager, on s'aperçoit que l'herbe n'est pas plus verte ailleurs. Cependant, depuis une trentaine d'années, la désindustrialisation des États-Unis, comme celle de la France, a causé beaucoup de souffrances et fait perdre leur travail à de nombreuses personnes. Cela remonte aux années Reagan et Mitterrand. Le traumatisme du chômage, des délocalisations et de la disparition de la classe ouvrière dure depuis plusieurs générations, et nous payons encore aujourd'hui, avec la COVID-19, le prix de nos erreurs. Le capitalisme n'a-t-il pas atteint ses limites, quand on sait que les écarts de richesse grandissants n'ont fait qu'aggraver la situation ?

Aujourd'hui, je suis conscient qu'il existe plusieurs Amériques. Ce pays est devenu une illusion. Celle que j'aime et imagine est peuplée de gens passionnés de musique, de cinéma et de littérature. Aussi, je n'ai pas l'espoir d'un changement, car les choses sont comme elles doivent être. On ne peut pas forcer les gens à accorder de l'importance à l'art, sauf certains qui y sont naturellement sensibles.

Je suis de nature optimiste, mais je suis pessimiste quant au déclin inéluctable de la littérature en général. Il faut bien se l'avouer : la culture littéraire est en voie de disparition. Beaucoup de gens achètent un livre comme on achète un vêtement ou une paire de chaussures et clament : « Je me suis procuré le livre du dernier lauréat du prix Goncourt ! » Mais quand vous leur demandez s'ils l'ont lu, vous avez droit à l'éternelle réponse : « Non, pas encore, mais je vais m'y mettre. »

Je suis auteur de nouvelles par nature, et je suis conscient que cela demande une discipline rigoureuse. Stephen King a écrit : « Les nouvelles exigent une sorte d'habileté acrobatique qui requiert une intense et éreintante pratique. » Croyez-le ou non, mais à chaque nouvelle histoire, je m'efforce d'adopter une discipline rigoureuse sans respecter aucun code. De plus, en tant qu'auteur, il me plaît de savoir que je n'appartiens à aucune catégorie, en tout cas dans ma façon d'écrire. Oui, ceux qui m'ont lu vous diront que mes histoires sont un mélange de roman noir et de fantastique. Elles n'ont aucune vocation d'instruire. Je préfère montrer la réalité plutôt que de défendre une cause.

La plupart de mes personnages sont des êtres solitaires, écorchés vifs, marginaux ou laissés-pour-compte. Il m'arrive parfois de penser que je pourrais être l'un d'eux, car en écrivant, je m'identifie plus facilement à l'Amérique des exclus. Celle des politiciens, des banquiers et des promoteurs m'inspire moins de rêves.

Enfin, j'écris comme on regarde un film ou une série, pour divertir. Avant cela, j'étais auteur-compositeur et interprète de musique folk, blues et country. Je n'étais pas un très bon guitariste, mais j'étais doué pour la composition. D'un point de vue créatif, je suis aujourd'hui un amateur, je continue d'apprendre mon métier. Et tant que j'en aurai envie, je continuerai d'écrire.

Bono, le chanteur de U2, a dit : « Je suis un musicien. J'écris des chansons. J'espère juste que, quand le jour est terminé, j'ai pu enlever un petit coin de l'obscurité. » Je suis auteur, scénariste et musicien, et j'espère moi aussi, quand la journée se termine, pouvoir enlever un petit coin de la noirceur.

Avant de vous dévoiler ma nouvelle histoire, j'aimerais terminer par une chose beaucoup plus légère, mais essentielle : l'amour. *"Have you ever loved a woman so much you tremble in pain?"* (As-tu jamais aimé une femme au point de trembler de douleur ?) Chaque fois que j'écoute ce vieux blues, je me dis : « Bon sang, que c'est vrai ! » Cette chanson, écrite par Billy Myles et enregistrée par Freddie King en 1961, fut reprise une première fois par Eric Clapton en 1965, lors d'un concert avec *John Mayall & the Bluesbreakers*. Clapton en a ensuite enregistré une version studio pour l'album de 1970 de *Derek and the Dominos : Layla and Other Assorted Love Songs*. D'autres versions en concert apparaissent sur *E.C. Was Here, Just One Night* (sous forme de medley avec *Ramblin' on My*

Mind), *24 Nights, Live in Hyde Park, One More Car, One More Rider* et *Crossroads Guitar Festival*.

Tandis que tout s'accélère et se virtualise, il semble que tout s'affaiblit, se brouille et nous questionne, et que le sens de nos actes se dérobe. Dans ce contexte de perte de repères sociaux et affectifs, notre quête d'amour demeure intacte. Le besoin d'aimer et de se sentir aimé, de donner et de recevoir, nous relie aux autres et à nous-mêmes. Nous vivons dans un monde focalisé sur l'individu, qui vise à combler tous ses besoins. Aujourd'hui, on choisit tout, on fait défiler des milliers de profils, on juge les qualités et les défauts de chacun, et on vit un enfer mental. Or l'amour doit rester quelque chose de vivant et de changeant. Alexis Jenni a écrit : « Ce qui est extraordinaire dans l'amour, c'est cette rencontre avec le réel de l'autre, ce contact extraordinaire avec l'autre. »

Mon héros dans *Un Désir de vengeance* est John Snow, un homme taciturne et solitaire. Un jour, il rencontre Molly Roth, qui devient l'amour de sa vie. Mais après un an de vie commune, il la perd lors d'un braquage qui tourne mal...

1

Bellingham, État de Washington.

La veille du braquage, John Snow buvait une bière au State Street Bar, un endroit fréquenté par des policiers et des fonctionnaires de la ville. Il déboutonna le col de sa chemise d'uniforme. Cela faisait maintenant cinq ans qu'il était agent de patrouille. Désormais sergent, affecté aux rondes et au maintien de l'ordre, il caressait l'espoir d'intégrer l'équipe des détectives – une position prestigieuse à ses yeux, mais difficile d'accès.

Il ne pouvait détacher son regard de l'homme accoudé au comptoir qui le fixait avec insistance. Tandis qu'il s'approchait, l'individu esquissa un sourire.

— Tiens donc, s'exclama-t-il d'une voix suave. Un flic ! Voyez-vous ça... N'est-ce pas une charmante rencontre, monsieur le policier ?

Grand, enrobé, il avait des yeux clairs et des cheveux grisonnants qui contrastaient avec son teint hâlé. Il portait une chemise noire et un jean de la même couleur. Avec son allure de vieux chanteur de country descendu tout droit de Nashville, Tennessee, il détonnait dans le décor.

— Que voulez-vous ? demanda John.

Sa voix ne trembla pas, mais il eut l'impression d'entendre quelqu'un d'autre parler à sa place. Quelqu'un de plus âgé. Comme son père.

À sa grande surprise, l'homme se plaça devant lui. Une odeur familière s'échappait de sa chemise et de sa peau :

un mélange d'alcool et de tabac froid. Il était apparu de nulle part et, maintenant, il était là, tout près.

Du coin de l'œil, John remarqua ses mains, dorées comme du cuir tanné. Des doigts incroyablement longs. Lorsqu'il les plaça devant lui et les laissa pendre, John aperçut des lettres tatouées sur chaque phalange.

— Que regardez-vous ? demanda l'homme d'une voix douce.

Une voix semblable à celle des présentateurs de radio.

John connaissait ce tatouage. Il l'avait déjà vu dans *La Nuit du chasseur*, ce film où Robert Mitchum incarnait Harry Powell, un prédicateur au regard inquiétant, avec LOVE & HATE inscrits sur ses mains.

L'homme se pencha un peu plus, le nez en avant, comme s'il humait une fleur.

— Molly n'est pas celle que vous croyez, lança-t-il.

Puis il recula et éclata d'un rire dément. On aurait dit le diable en personne.

John hésita à partir, mais sa curiosité le retint. Il reposa sa bouteille de Coors et se tourna pleinement vers l'inconnu. Une bouffée de whisky et de tabac froid lui irrita la gorge et lui donna envie de vomir.

— Vous connaissez Molly ?

— Elle vous a dit qu'elle voulait vous épouser, n'est-ce pas ?

John sentit ses doigts se crisper sur sa bouteille.

— Savez-vous vraiment qui elle est ?

Une douleur sourde lui transperça la poitrine.

— Qui êtes-vous ? demanda-t-il.

— Vous a-t-elle parlé de son séjour en hôpital psychiatrique avant votre rencontre ?

— Non, vous mentez !

L'homme esquissa un sourire triste, celui de quelqu'un qu'on a trop souvent accusé à tort.

— Je crains que non. Il lui est arrivé la même chose qu'à votre mère.

John revoyait sa mère avaler des tranquillisants... puis, dans un flash, la revit jeune, avec une mèche effleurant son sourcil, baignée par la lumière éclatante du matin.

— Je vous l'ai dit. Molly n'est pas celle que vous croyez.

Les mots tombaient comme des coups, ébranlant son sang-froid, le laissant stupéfait, interloqué, presque K.O.

— Mais enfin, qui êtes-vous ?

— Est-ce réellement important ?

— Oui.

— Je suis le passé. Le passé, et peut-être aussi le présent. Qui sait ?

John secoua la tête, tentant d'éclaircir ses idées. Tout cela était absurde. Aussi absurde que si quelqu'un lui avait dit que le diable avait pris la place de Dieu. Et pourtant, une part de lui voulait y croire.

— Un jour, vous découvrirez la vérité, reprit l'homme, d'un ton faussement compatissant.

John fulminait intérieurement.

— Votre mère a passé son mariage à tromper votre père.

— Je vous interdis de parler d'elle !

L'individu fit la moue, comme un adulte grondant un enfant capricieux.

— Bien... Mais vous devez m'écouter. C'est votre mère qui a poussé votre père à commettre l'irréparable.

Il marqua une pause, puis haussa les épaules.

— Je n'aime pas médire des morts... mais votre père était un faible. Comme son propre père avant lui. Vous avez hérité de cette faiblesse, vous aussi... ainsi que de la folie de votre mère.

— Que me chantez-vous là ?!

— Je vous dis la vérité.

John ouvrit la bouche, puis la referma. Il refusait d'y croire... mais au fond de lui, il savait.

Des souvenirs affluaient : sa mère rentrant tard, son père affalé sur le canapé, endormi devant la télé.

Soudain, une voix tonna dans le bar :

— Demain sera mon dernier jour au sein de la police de cette bonne vieille ville de Bellingham ! J'offre une tournée !

Bob Farmiga. Son coéquipier. Il quittait la police pour se lancer dans l'immobilier sur la côte Ouest.

John reporta son attention sur l'homme face à lui.

— Que voulez-vous, à la fin ?

— Considérez-moi comme un bienfaiteur. Ou comme un ami venu vous libérer d'une prison affective.

Un silence s'installa.

John tourna la tête. Tout le monde s'était tu. Seuls quelques murmures flottaient encore, accompagnés du raclement des chaises sur le parquet.

— Je dois vous laisser, dit l'homme.

— Attendez ! Qui êtes-vous ?

L'inconnu s'arrêta, un sourire au coin des lèvres.

— Si j'étais vous, je ne me marierais pas.
— Quoi ?
Sans répondre, il pivota et se dirigea vers la sortie.
John sentit son estomac se nouer.
Il avait disparu.

2

En rentrant chez lui, une pensée fugace traversa l'esprit de John : il était peut-être sur le point de saturer. On saturait souvent dans ce métier, il le savait. On ne pouvait passer qu'un certain nombre d'années à protéger et servir avant d'être englouti par le poids de la réalité.

Cette nuit-là, l'orage l'empêcha de dormir. Le vent soufflait en tempête, et la pluie battait violemment contre les carreaux de sa fenêtre. Des éclairs zébraient le ciel, suivis presque aussitôt par le tonnerre qui grondait, roulant à l'infini dans l'obscurité. Puis, brusquement, tout s'éteignit. Une panne de courant. La foudre avait sans doute frappé un pylône.

— Ne t'inquiète pas, John !

C'était la voix de son père, Daniel. Comme s'il avait encore quinze ans ! Pourtant, il en avait vingt-sept.

Il se trouvait dans la salle de séjour et entendit les pas de son père, qui traversait la pièce en se cognant aux meubles, avant de sortir dans le hall et de gagner la cuisine. Une minute plus tard, il était à la porte de sa chambre, une lampe torche à la main. Il y en avait toujours une dans la maison de ses parents, prête à être utilisée, car les coupures de courant étaient fréquentes durant les tempêtes. Daniel portait un pantalon bleu marine, un sweat à manches longues et des chaussures en daim assorties. Des larmes brillaient dans ses yeux et coulaient sur ses joues.

John repoussa précipitamment son drap et se leva.

— Ça va, papa ?

— Ta mère n'est pas encore rentrée.

John jeta un coup d'œil à l'horloge accrochée au mur.

— Il est à peine dix heures, elle doit encore être en train de travailler.

Daniel secoua la tête et se mordit les lèvres.

— Non. J'ai téléphoné avant la coupure de courant. Elle était déjà partie.

— Tu as essayé le State Street Bar ?

— Oui, plusieurs fois. Ils ne l'ont pas vue.

La nuit était étrangement froide. John frissonna et enfila sa robe de chambre.

— Elle est probablement sur le chemin du retour, tenta-t-il de le rassurer.

Dehors, les arbres craquaient sinistrement sous la force du vent. La pluie redoublait d'intensité, crépitant comme de la grêle contre les vitres. Le couloir était plongé dans la pénombre, mais, au fond, dans la cuisine, la lampe torche de son père projetait un halo de lumière blafarde.

— Il y a eu des avis de tempête toute la journée. Elle les a sûrement entendus, spécula Daniel.

— Certainement, répondit John.

Daniel esquissa un sourire crispé. Il sortit deux tasses du buffet et y versa deux cuillerées de chocolat en poudre.

John sentit une étrange légèreté l'envahir, presque de la joie. Le bruit du vent, la lumière de la torche… Il n'avait pas partagé un chocolat chaud avec son père au beau milieu de la nuit depuis des années.

Il lui était difficile de comprendre pourquoi son père s'inquiétait autant pour sa mère. Après tout, elle n'avait jamais eu la moindre considération pour lui. En toute franchise, John espérait presque qu'elle était en danger. Ce n'était pas bien, il le savait. Mais l'idée qu'elle puisse mourir lui paraissait étrangement agréable.

Daniel versa le lait chaud dans les tasses, puis posa la casserole dans l'évier où elle grésilla au contact de l'eau froide. Il remua le chocolat avec une cuillère jusqu'à ce qu'il soit bien dissous, puis posa les tasses sur la table. Il s'assit, mais se releva presque aussitôt.

— Où vas-tu, papa ?

— Le courant est revenu. Je vais essayer d'appeler à nouveau le State Street Bar.

Il essaya, mais tomba sur le répondeur.

Malgré la tempête, John ne tarda pas à s'endormir. Il était épuisé et peu lui importait que sa mère ne fût pas rentrée.

C'est la sonnerie du téléphone qui le réveilla. Il entendit son père se précipiter dans le couloir et décrocher. Sortant de son lit, il tâtonna jusqu'à la porte. Daniel se tenait devant la commode du hall. Soudain, son visage s'éclaira.

— Oh, merci, Ed ! murmura-t-il. Merci…

Une heure plus tard, sa mère était de retour. Son père l'aida à enlever ses vêtements trempés et la sécha avec fébrilité, des larmes de soulagement roulant sur ses joues.

John aussi pleurait, mais pas pour les mêmes raisons.

Puis, il se réveilla en sursaut, trempé de sueur.

Ce n'était qu'un rêve.

Mais à cet instant précis, un autre rêve lui revint en mémoire. Le plus intense. Le plus violent.

Le plus douloureux.

Il avait vingt-deux ans. Il savait qu'il était dans son lit, se débattant dans son sommeil, sans parvenir à atteindre sa mère. Elle était là, tremblante, en sueur, sa chemise de nuit bleue collée à sa peau. Un revolver gisait sur la moquette, à côté de traces de pas ensanglantées.

Ce revolver… Il traînait sur une étagère de l'atelier de son père. Un calibre 38, rarement utilisé, sauf lorsque l'oncle Bill venait pour un concours de tir dans les bois.

Daniel était au chômage depuis trois mois. Plus d'assurance, plus d'argent pour ses médicaments contre la dépression, plus de quoi payer les traites de la maison. « Je vais m'en sortir », répétait-il. Mais il doutait de plus en plus, surtout lorsque la banque menaça de saisir la maison, alors qu'il ne restait que soixante échéances à rembourser.

Daniel allait tout perdre. Son foyer. Et sa femme, Kaya, qui le trompait avec un haut fonctionnaire de la ville.

C'était un matin de novembre. John était en patrouille lorsque c'est arrivé. Deux heures s'étaient écoulées avant qu'il ne rentre et ne découvre le corps.

Sa mère, affalée sur la moquette.

S'il avait été là, il aurait entendu la dispute. Puis la détonation.

Il s'était assis sur le canapé du salon, la tête dans les mains, tentant de se convaincre qu'il ne voyait qu'un cauchemar. Mais les cauchemars disparaissent au réveil. Ce qu'il voyait – le corps de sa mère, le visage tuméfié, la langue pendante – était bien réel.

Une heure plus tard, il reçut un appel de son chef, Kelley. Son père s'était donné la mort. Ils avaient retrouvé son corps pendu à un arbre, près du lac Padden.

John rouvrit les yeux.

Une certitude s'imposa à lui : il ne pouvait plus continuer à attendre. Il frôlait la folie. S'il poursuivait dans cette voie, il finirait comme son père.

3

La journée avait été longue et éprouvante. Molly Roth n'avait aucune envie de rentrer chez elle. Elle avait donc rejoint son amie Erin West au State Street Bar. Malgré ses vingt-quatre ans, elle paraissait bien plus jeune avec son visage d'enfant. Son travail à la banque ne l'avait guère marquée. Molly restait telle qu'Erin se la rappelait : une blonde nordique, fine, de taille moyenne, au teint velouté.

Elles avaient commandé un verre de vin blanc, puis un autre. Molly aurait volontiers noyé son stress dans l'alcool, mais elle détestait la sensation de l'ivresse envahissant son esprit. Elle finissait toujours par s'arrêter avant d'y parvenir.

Au bout d'une demi-heure, elle jeta un coup d'œil à sa montre.

— Où est John ? demanda-t-elle.

— Je ne sais pas, répondit Erin. Il était là juste avant ton arrivée, il y a une demi-heure à peine.

Molly tenta de l'appeler, mais tomba sur son répondeur.

— Il ne t'a rien dit ? Il avait peut-être quelque chose de prévu ?

— Je t'avoue que j'étais absorbée par ma conversation avec Lisa.

D'un air tout à fait naturel, Erin s'excusa sous prétexte d'aller se poudrer le nez et s'éloigna.

Molly hocha la tête, sans se rappeler exactement qui était Lisa. Elle termina son verre de vin, observant distraitement les clients autour d'elle. Un homme un peu éméché se mit soudain à brailler, la ramenant à la réalité.

Il est vraiment temps de rentrer, songea-t-elle.

Sa relation avec John était en train d'évoluer, passant de la passion fusionnelle à quelque chose de plus ancré, plus durable. Elle savait que toutes les histoires d'amour avaient leur propre trajectoire – chacun arrivait avec ses habitudes, ses fragilités, ses forces. De leur rencontre naîtrait l'évolution de leur relation. John avait connu la phase de la fusion : Molly était celle qu'il attendait. Quant à elle, elle avait découvert à ses côtés des aspects de la vie qu'elle n'aurait jamais envisagés seule… ou qu'elle avait redoutés.

L'absence d'Erin se prolongeant anormalement, Molly envoya une serveuse aux nouvelles. Celle-ci revint deux minutes plus tard.

— On l'a vue partir avec une jeune femme.

Molly fronça les sourcils.

Erin était une femme fiable, une policière avec une nette tendance à l'embonpoint et un goût prononcé pour les accessoires. Elle vivait seule avec Roxy, son chien adoré, entourée de livres de développement personnel et de vinyles de rock alternatif. Toujours apprêtée, elle s'achetait des vêtements tape-à-l'œil et changeait de couleur de cheveux une fois par mois, bien qu'elle n'en eût pas réellement besoin.

Elle est probablement partie pour une raison anodine, se dit Molly en scrutant de nouveau la salle.

C'est alors qu'elle aperçut un visage qui l'immobilisa.

L'homme était le portrait craché de son père, à ceci près que ses cheveux avaient grisonné. Son estomac se contracta, et elle détourna les yeux, bouleversée. Ses mains tremblaient légèrement. Elle devait éviter de le regarder, ne surtout pas chercher à l'aborder.

Mais son esprit l'avait déjà ramenée seize ans en arrière, à l'année où sa mère était morte. Elle n'avait jamais cessé de penser à son père, même après son départ. Pendant des années, son absence avait pesé sur elle.

Il était là, assis à une table, une bière à la main. Son regard clair et vigilant lui donnait l'air d'être en perpétuelle alerte. Fuyait-il quelqu'un ? Ou, comme elle, fuyait-il quelque chose en lui-même ?

Elle sentit la confusion l'envahir et réalisa qu'elle tournait distraitement son cocktail du bout des doigts.

Depuis quand ai-je commandé une Margarita ? se demanda-t-elle.

Son coude reposait sur le comptoir, son sac encore suspendu à son épaule.

Elle inspira profondément et osa de nouveau lever les yeux vers lui. Il était entouré de quatre hommes en jeans et chemises de cowboy. Ils semblaient se connaître depuis longtemps.

Peut-être est-ce simplement un sosie, songea-t-elle pour se rassurer.

À cet instant, l'homme leva les yeux vers elle.

L'impact fut immédiat : un coup de feu silencieux en plein cœur.

Elle ferma les paupières, reprit son souffle et regarda l'heure. 19 h 46.

Il est vraiment temps de rentrer.
Elle laissa un billet sur le comptoir et récupéra sa monnaie. Dehors, la nuit était moite. Elle emprunta une ruelle longeant le port, où l'air salé et l'odeur de poisson mariné par la chaleur rendaient l'atmosphère suffocante.

Des bruits de pas résonnèrent derrière elle.

Elle s'arrêta net, son cœur battant à tout rompre. Un homme la dépassa rapidement et s'engouffra dans un immeuble plus loin. Un vent froid s'infiltra sous son col, lui arrachant un frisson.

Elle fixa un instant les lumières des bateaux dans le port. Le bruit de la ville s'étalait autour d'elle : klaxons, sirènes, moteurs vrombissants.

Puis, sans prévenir, une silhouette surgit de l'ombre et la heurta violemment.

Elle bascula en arrière, poussant un cri étouffé. Son épaule heurta durement le sol, une douleur fulgurante irradiant jusqu'à sa nuque. Des mains puissantes se refermèrent sur son cou, l'étranglant.

Sous la lumière tremblante d'un lampadaire, elle distingua un regard clair.

Le temps sembla se rétrécir, s'effondrer sur lui-même. Sa vision s'embruma. Son souffle se réduisit à un filet ténu. Sa conscience vacilla.

Et puis, soudain, le poids sur son corps disparut.

Elle se réveilla en sursaut, suffocante.

— Ça va ? murmura John, encore ensommeillé.

Molly regarda autour d'elle, désorientée.

— Tu as encore fait un cauchemar, dit-il en posant doucement ses mains sur ses épaules.

Depuis un mois, ces rêves l'assaillaient. Toujours la même menace tapie dans l'ombre, d'abord distante, puis de plus en plus proche, jusqu'à lui bondir dessus. Elle n'avait jamais pu voir son visage clairement, mais elle le reconnaissait.

— Désolée... souffla-t-elle.

Les yeux noisette de John reflétaient une peine silencieuse.

— Ce n'est rien, chérie.

Elle se leva brusquement et alla s'affaler sur le canapé, allumant machinalement la télévision. Son front brûlait.

John l'observa en silence, les mains enfoncées dans les poches de son peignoir. Il savait qu'elle ne supporterait pas d'être touchée en cet instant.

Prenant le temps de se verser un bourbon et de sortir une bouteille d'eau du réfrigérateur, il s'installa à côté d'elle, gardant une certaine distance.

— Tout doux, chuchota-t-il.

Sa voix traînante eut l'effet d'un baume.

Il écarta délicatement une mèche de cheveux de son visage et plongea dans ses yeux. Que lisait-il en elle, à cet instant ? De la crainte ? De l'hostilité ?

Les mains jointes sur ses genoux, il attendit qu'elle parle. John avait ce don rare : il savait *écouter*.

Quand enfin elle brisa le silence, il l'écouta sans l'interrompre.

Et cette fois, il ne douta pas une seconde de ce qu'elle venait de lui confier.

4

Avant l'aurore, il faisait noir. Plus noir qu'au fond d'une grotte du parc national des Cascades du Nord. Le brouillard, épais, charriait l'odeur du lac Padden. Une forte pluie s'ajoutait à cette atmosphère pesante.

John poussa la molette des essuie-glaces de la Chevrolet qui lui servait de voiture de police, la passant directement de la position arrêtée à accélérée.

— Bon sang ! C'était quoi cette alerte ? demanda-t-il à Bob, son coéquipier.

— Erin a reçu l'appel d'un gars en panique. Il dit avoir vu une femme se faire agresser et être laissée pour morte sur une berge du lac Padden.

John reporta son attention sur la route.

— Elle a bien dit de prendre à droite et de rouler un kilomètre sur Lakeshore Drive ?

— Ouais, confirma Bob.

— Il n'y a rien par ici. On va faire demi-tour et reprendre l'autoroute.

Ils roulèrent pendant une bonne dizaine de kilomètres quand, soudain, une enseigne reconnaissable entre mille surgit dans la purée de pois.

— Arrête-toi, là, fit Bob. J'ai faim.

— T'en as pas marre de cette bouffe ?

— Tu rigoles ? Regarde ! Pas un pet de graisse, rétorqua Bob en tapotant son ventre.

Dans les phares, devant lui, John vit briller l'enseigne du fast-food. Une demi-douzaine de voitures étaient garées devant. Il mit son clignotant, ralentit à vingt miles à l'heure et quitta l'autoroute.

— Quand je vivais seul, raconta-t-il, je raffolais des cheeseburgers et des frites bien grasses, mais depuis que je suis avec Molly, j'ai découvert la bonne cuisine.

Bob lui lança un coup d'œil et hocha la tête en souriant.

— Je dois avouer que ta petite femme est un vrai cordon-bleu.

— On n'est pas encore mariés.

— Ouais, mais je sens que ça ne va pas tarder, n'est-ce pas ?

John secoua la tête en songeant que cela faisait déjà un an qu'ils vivaient ensemble.

Il s'arrêta devant une borne munie d'un interphone.

— Bonjour, bienvenue chez Wendy's. Je vous écoute pour la commande, dit une voix féminine un peu stridente.

Le regard de Bob s'anima. Il se pencha vers John, puis répondit :

— Un Classic Bacon, Egg and Cheese Sandwich.

— Grand ou normal ?

Quelque chose dans la voix de la jeune femme fit tressaillir Bob. John parut également surpris.

— Grand, répondit Bob.

— Et un café en plus, s'il vous plaît, ajouta John.

— Très bien. Cela vous fera six dollars vingt-cinq. Avancez jusqu'au prochain guichet. Wendy's vous remercie de votre visite et vous souhaite une très bonne journée. Au revoir et à bientôt.

John s'exécuta.

En voyant le casque sur la tête de la jeune femme qui les attendait, il devina que c'était elle qui avait pris la commande. Elle paraissait petite, un peu ronde ; son visage, sa nuque et ses avant-bras étaient constellés de taches de son. Ses cheveux, d'un roux terne, retombaient en mèches lisses qui couvraient ses oreilles légèrement décollées. Elle restait figée sur place, tête inclinée, piétinant nerveusement dans son petit espace.

— Bonjour, six dollars vingt-cinq, s'il vous plaît.

Bob tendit sa carte de crédit à John.

— Sans contact ? demanda-t-elle.

Bob acquiesça d'un hochement de tête.

— Tenez, voilà votre ticket. Votre commande vous attend au prochain guichet. Wendy's vous remercie de votre visite et vous souhaite une très bonne journée. Au revoir et à bientôt.

Le temps qu'ils avancent, la commande était déjà emballée et prête à être emportée. Au dernier guichet, la personne leur adressa à peine un regard. Aussitôt, Bob vérifia le contenu du sac – un geste machinal que font bien des clients. Allez savoir pourquoi !

John se gara sur le parking du fast-food.

— C'est mon dernier jour avant la quille, fit Bob en retirant l'emballage de son Classic Bacon, Egg and Cheese.

John le regarda en haussant les épaules.

— Tu sais ce qui nous différencie des femmes ? demanda Bob.

— Non.

— Contrairement à nous, elles peuvent faire plusieurs choses à la fois… mais elles oublient la moitié.

— Tu plaisantes ?

— Non, je suis sérieux. Chaque fois qu'elles vont aux toilettes, par exemple, elles oublient leur tampon hygiénique. Bien sûr, elles prennent soin de bien l'emballer dans du papier toilette, mais elles l'oublient.

Abasourdi, John se sentit soudain glacé et dit :

— Qu'est-ce que tu racontes ?

— Si, je t'assure.

John hocha la tête sans conviction.

— Après, elles te reprochent d'avoir laissé, par mégarde, des traces d'urine sur la cuvette des toilettes.

John se redressa dans son siège, sans piper mot.

— Peut-être que si toutes ces paires de nibards comprenaient que c'est plus grave que de pisser de travers, on aurait moins de séparations et de divorces, proclama Bob.

— Tu le penses vraiment ?

Bob lissa sa cravate et poursuivit :

— Ouais ! Et à chaque fois, j'ai droit à un regard amer, j'te raconte pas.

— Je n'ai pas à me plaindre avec Molly. Elle est douée pour le ménage et la propreté. Et moi, je fais en sorte de faire attention.

Bob le fixa droit dans les yeux et ajouta :

— Ce n'est pas de ça dont je parlais. J'essayais de te faire rire avec cette histoire de tampon. Ce que je voudrais, c'est que tu te confies à moi de temps en temps.

John demeura silencieux. Il fixait les arbustes plantés en bordure du parking, l'air déconcerté.

Bob et lui avaient le même âge. Amis depuis l'école primaire, leur relation avait toujours eu quelque chose d'équivoque. Bob était déjà plus beau gamin, et il l'était encore davantage aujourd'hui. Sans compter qu'il excellait dans deux sports : le football et le baseball.

John, lui, était bon en athlétisme, plus précisément en course de fond. Mais les pom-pom girls ne s'intéressaient pas à ce genre de discipline.

Bob était doué, mais paresseux en cours. En terminale, quand ses notes avaient commencé à chuter, il sollicitait les élèves studieux pour des cours particuliers et, à l'occasion, pour qu'ils lui fassent ses devoirs.

Le comble, c'est qu'il avait décroché le prix du « Sportif de l'État de Washington ».

Un jour, Bob s'était pointé chez John avec une fille. Il l'avait laissée dans le salon en prétextant une envie pressante. Elle s'appelait Lauren.

John et elle étaient dans le même cours de français, et elle l'avait reconnu. Elle sentait la vanille et portait un poncho marron et beige, tricoté à la main. Nouvelle au collège, elle ignorait encore que Bob était un naze.

Ils avaient une interrogation sur *Le Rouge et le Noir* de Stendhal. John lui demanda ce qu'elle en pensait. Elle répondit qu'elle ne l'avait pas encore terminé. Alors, il lui proposa de l'aider.

Quand Bob revint des toilettes, ils étaient assis côte à côte, au pied du canapé, devant la télé. John avait sorti son exemplaire du roman et relisait certains passages qu'il avait surlignés… une chose qu'il ne faisait pas d'habitude.

Bob s'assit près de Lauren, de l'autre côté. Visiblement, il faisait la tête et n'avait pas envie de la partager. Ne connaissant rien au livre, il ne pouvait pas discuter avec eux.

John était un élève moyen, mais depuis une semaine, *Le Rouge et le Noir* avait enflammé son imagination et lui avait donné l'envie de vivre une passion amoureuse, malgré sa timidité naturelle. Il relisait sans cesse les passages où Julien Sorel séduisait Madame de Rênal et rêvait, lui aussi, de conquérir la belle Lauren.

À un moment, Lauren s'arrêta pour regarder un clip à la télé et posa une question provocatrice :

— Tu la trouves sexy, Beyoncé ? Ça t'est déjà arrivé de te masturber en pensant à elle ?

John et Bob hésitèrent, ne sachant pas très bien à qui elle s'adressait. Pour briser le silence, John répondit « oui » en premier. Lauren éclata de rire et posa une main sur son genou. Bob, lui, n'avait pas du tout apprécié.

Lauren et John étaient devenus amis, et cela avait duré ainsi pendant trois mois avant leur premier baiser, échangé lors d'une surprise-party. Ils étaient un peu éméchés, tandis que leurs amis hurlaient leurs prénoms derrière un slow endiablé. Ils avaient fait l'amour pour la première fois dans la chambre de John, fenêtre ouverte, caressés par une brise fraîche aux senteurs de pin.

C'était son premier amour. Le dernier, avant Molly. Bob le lui avait volé.

Lauren et Bob étaient venus ensemble lui annoncer la nouvelle, comme pour se soulager la conscience. Ils prétendaient qu'ils n'avaient jamais vraiment rompu et qu'ils s'aimaient depuis toujours. Un mois plus tard, Bob l'avait mise enceinte... puis l'avait plaquée. Lauren avait avorté et déménagé en Californie.

Un klaxon retentit sur le parking, tirant John de ses pensées.

— C'est ce que Molly me dit aussi, répondit-il enfin. Parle-moi, John ! Dis-moi ce qu'il y a ! On dirait que je suis le gars le plus réservé de la terre.

Bob réfléchit un instant, puis demanda :

— Tu ne te confies jamais à elle ? Tu ne lui dis jamais ce que tu as sur le cœur ?

— Non ! Mais hier soir, c'est elle qui ne voulait pas parler. Elle était toute retournée. On aurait dit qu'elle avait vu un fantôme.

Bob mordit une grosse bouchée de son Classic Bacon, Egg and Cheese, puis répliqua :

— Ce sont des choses qui arrivent quand on est en couple.

John se redressa légèrement sur son siège.

— Venant d'un gars qui ne s'est jamais casé avec une femme, je prends ça comme un bon conseil.

Bob sourit largement.

— Tu sais ce que Vicky m'a dit ce matin ?

— Non.

— Parfois, je me demande si tu tiens vraiment à moi.

— Qui est Vicky ?

— Une fille que j'ai rencontrée au State Street Bar… Ce discours, je l'ai entendu une bonne centaine de fois. Elle m'a sorti ça juste avant que je parte bosser. Imagine, partir au boulot avec ça en tête.

John hocha la tête.

— Moi, je vais te dire ce qui nous différencie des femmes, poursuivit Bob. C'est que je ne lui dirai jamais ce genre de trucs. Et certainement pas de bon matin.

John allait répondre lorsque l'ordinateur de bord se mit à brailler :

— Ici Erin. Appel à toutes les unités, on a une SMV (situation à multiples victimes) ! Localisation : Bellingham, 3101 Woburn Street. Soyez prudents !

L'estomac de John se noua. Ce numéro d'adresse… C'était celui de la banque où travaillait Molly.

Il enclencha la sirène, alluma le gyrophare, braqua le volant et lança la Chevrolet en direction de Bellingham.

Erin avait insisté sur la prudence. Attentat ? Braquage ? L'urgence était claire.

Bob attrapa le micro :

— Reçu cinq sur cinq. Ici voiture 2, arrivée prévue dans dix minutes.

Il jeta un regard à John, puis ajouta :

— C'est bien ma veine pour mon dernier jour…

Ils étaient encore à huit kilomètres du lieu de l'incident. À l'autre bout de la ville, d'autres sirènes hurlaient déjà. À leur son, John devina qu'ils étaient les plus éloignés des lieux.

Soudain, une grosse voiture blanche surgit du brouillard : un 4x4 GMC.

Un instant, ses feux de route en plein phare aveuglèrent John.
Il klaxonna et fit une embardée.
Le 4x4 se rabattit enfin sur sa voie, disparaissant dans le brouillard, ne laissant derrière lui qu'une paire de feux arrière rouges.
— C'était moins une, jugea Bob.
John fonça sur l'autoroute 5, direction la ville.
Il sortit son smartphone de la poche de son uniforme et le tendit à Bob :
— Tiens. Appelle Molly.
Bob appuya sur *téléphone*, puis *appels récents*. Molly Roth apparut en tête de liste. Il déclencha l'appel.
— Directement sur le répondeur, dit-il après quelques secondes.
— Donne-moi ça ! s'énerva John.
Il essaya à son tour. Aucun bip. Aucune sonnerie. L'appel fut immédiatement redirigé vers la boîte vocale.
— Essaie de joindre Lewis avec le talkie.
— OK.
Le talkie-walkie de Lewis crachota soudain :
— Que se passe-t-il, Lewis ? demanda Bob.
— C'est un braquage. Et… il y a une victime.
— Qui ça ?
Un silence s'installa.
— C'est terrible, marmonna Lewis.
— Vas-y, crache le morceau ! s'énerva Bob.
— Faites vite les gars, je dois vous laisser.
Un vent glacé traversa l'habitacle.

— On arrive, dit Bob simplement, en jetant un regard en coin à John.

5

À cause d'une nouvelle salve de coupes budgétaires, il ne restait plus qu'un seul inspecteur à temps plein au tableau de service de la police de Bellingham. Chris Mitchum était en vacances, quelque part dans un trou paumé de Louisiane.

David Kelley, le chef de police de Bellingham, arriva en retard sur les lieux. D'habitude, il était toujours tiré à quatre épingles, mais ce matin-là, il était mal rasé et ses vêtements étaient fripés. Lewis, l'un des officiers en uniforme qui surveillait l'entrée de la Wells Fargo Bank, le vit descendre de voiture et s'approcher avec sa démarche coutumière. Il souleva le ruban de plastique arborant l'avertissement habituel : POLICE CRIMINELLE – ACCÈS INTERDIT, qui délimitait la scène du braquage.

Kelley se baissa légèrement pour passer en dessous.

— Merci, dit-il en croisant son regard.

Il jeta un œil dans le hall et demanda :

— Que s'est-il passé ?

— Quatre hommes armés ont dévalisé la banque, et un autre les attendait dans un 4x4 GMC, répondit Lewis.

— Montant du butin ?

— 135 300 dollars, d'après le directeur.

Kelley hocha la tête, l'air peu convaincu.

— Ils ont pris en otage trois employés, poursuivit Lewis. Quand nous sommes arrivés, ils ont commencé à tirer. On a arrêté l'un d'eux, mais...

— Bon sang ! le coupa Kelley. Vous voulez dire qu'ils ont réussi à fuir ?

Lewis hésita avant de répondre :

— Oui, chef. Celui qu'on a arrêté a été touché au ventre.

— Très bien. Qui a prévenu la police ?

— Un vieil homme qui promenait son chien.

— Vous avez pris sa déposition ?

— Oui, chef. J'ai aussi celle d'une petite fille.

Déposition de M. Joseph Clean (8 juin, 9 h 05. Interrogé par l'agent Carl Lewis.)

Agent Lewis : Je sais que vous êtes perturbé, monsieur Clean. Mais j'ai besoin de savoir très précisément ce que vous avez vu tout à l'heure.
Clean : Je ne pourrai pas l'oublier. En aucun cas. Je ne dirais pas non à un verre. Du bourbon, peut-être. Je n'en bois jamais à cette heure-ci, mais là, il le faut. J'ai encore l'impression d'avoir le cœur au bord des lèvres. Dites à vos collègues que s'ils trouvent des traces d'urine, et je suis sûr qu'ils en trouveront, ce sont les miennes. Je n'ai pas pu me retenir. N'importe qui se serait fait pipi dessus en vivant un truc pareil.
Agent Lewis : Je suis sûr qu'on vous trouvera une bonne bouteille dès qu'on aura terminé. Je m'en occupe, mais avant tout, je préfère que vous gardiez les idées claires. Vous êtes d'accord ?
Clean : Oui, bien sûr.
Agent Lewis : Racontez-moi tout ce que vous avez vu et ce sera tout pour aujourd'hui. Vous pouvez faire ça pour moi, monsieur Clean ?

Clean : D'accord. Je suis sorti promener Rox vers huit heures vingt. Rox, c'est notre basset. Il avait mangé à sept heures trente. Ma compagne et moi, on prend le petit déjeuner à huit heures. À huit heures quinze, Rox est prêt à aller faire ses besoins, la petite et la grosse commission. Je le promène pendant que Marnie, ma compagne, fait le ménage. C'est une gentille femme, Marnie. Depuis que je suis veuf, je me sens revivre. Comparée à mon ex-femme, Marnie est un vrai ange. Euh, excusez-moi, je ne sais plus où j'en étais…
Agent Lewis : Ce n'est pas grave, monsieur Clean. Vous êtes sorti promener votre chien à huit heures vingt.
Clean : Oui, c'est ça.
Agent Lewis : Je vous en prie, continuez, monsieur Clean.
Clean : Appelez-moi Joseph ou Joe. Je ne supporte pas qu'on m'appelle par mon nom. J'ai l'impression d'être un produit nettoyant. On m'appelait Mister Clean à l'école. Magic Eraser Clean.
Agent Lewis : Oui, je comprends. Donc, vous promeniez votre chien…
Clean : C'est ça. Et quand il a vu le gars dans le 4x4, il a commencé à aboyer. Il a fallu que je tire sur sa laisse à deux mains, et pourtant ce n'est pas un gros chien. Il voulait absolument voir de plus près. Puis…
Agent Lewis : Attendez, Joe ! Vous êtes sorti de votre domicile, au 2100 Barkley Boulevard, à huit heures vingt…
Clean : Oui. Peut-être un peu avant. Rox et moi, on a marché jusqu'au Robeks, le bar à jus de fruits au coin de la rue, puis on est revenu sur Barkley Boulevard, et ensuite, on est passé

devant le centre de services de soins à domicile.
Agent Lewis : C'est votre trajet habituel ?
Clean : Oui, en général. Il n'y a pas de parc aux alentours, du coup, Rox fait ses besoins dans un coin du parking. C'est là que le 4x4 était garé.
Agent Lewis : Le 4x4 GMC ?
Clean : Oui.
Agent Lewis : Y avait-il quelque chose ou une inscription dessus ? Genre « Dépanneur Truc » ou « Jardins et Paysages Chose » ?
Clean : Euh, non. Rien du tout. Cependant, il était couvert de poussière, comme du sable. Et il y avait de la boue sur les pneus, sûrement à cause de la pluie. Rox les a reniflés, puis on a continué à marcher. Après cinquante mètres, on a entendu un cri. Un cri de femme, précisément. Ça venait de la Wells Fargo Bank. Rox s'est mis à aboyer. La laisse a failli m'échapper. J'ai essayé de le ramener, impossible. Il tirait de toutes ses forces et grattait le sol. J'ai réussi à le faire revenir — j'ai une laisse rétractable — et je l'ai suivi. C'est là que j'ai vu que quelque chose clochait dans la banque. Ah, avant que j'oublie : c'est à peu près à ce moment-là que j'ai appelé la police.
Agent Lewis : Très bien.
Clean : J'ai paniqué en pensant au gars qui attendait dans le 4x4. Vous voyez ce que je veux dire ?
Agent Lewis : Expliquez-moi, Joe.
Clean : Il m'observait. Il était penché sur son volant et il me fixait. Rien que d'y penser, j'en ai des frissons. Sur le moment, j'étais concentré sur mon appel et sur Rox qui allait

m'arracher le bras à force de tirer. Je commençais à paniquer, je dois l'avouer. Je ne suis pas très courageux, et même si je le voulais, je ne suis pas très costaud non plus. Une fois que j'ai prévenu la police, je me suis caché dans un coin. Et c'est là que je me suis fait pipi dessus.
Agent Lewis : Je comprends, Joe. Quelle heure était-il quand vous avez entendu le cri dans la banque ?
Clean : Je n'ai pas regardé ma montre, mais je dirais huit heures trente, ou trente-cinq peut-être. J'ai laissé passer Rox devant, en le tenant court pour pouvoir me glisser entre deux buissons. Ensuite, quand la police est arrivée, il y a eu plusieurs coups de feu. Puis, plus rien.
Agent Lewis : Bien. Maintenant, parlons de ces trois hommes que vous avez vus. En avez-vous reconnu un, Joe ?
Clean : Oui, l'un d'eux. C'était Jared Williams. Tout le monde dans le comté de Whatcom connaît le fils de Clayton.
Agent Lewis : Clayton Williams, le pompiste ?
Clean : Oui. Eh bien, Jared a déposé le butin dans le coffre du 4x4. Il a donné une tape dans le dos d'un de ses complices, puis il a fait le tour du 4x4 pour s'asseoir côté passager. Les deux autres sont montés à l'arrière et le 4x4 est parti en direction de Barkley Avenue. Jared connaissait les horaires et les pratiques de la banque. Forcément. Il y avait travaillé comme intérimaire pendant trois mois.
Agent Lewis : Oui. Merci, Joe.

Déposition de Julia Milano (8 juin, 9 h 15. Interrogée par l'agent Lewis, en présence de Mme Mercedes Milano.)

Agent Lewis : Merci de laisser votre fille témoigner, madame Milano. Eh bien, Julia, tu es prête ?
Julia Milano : Oui.
Agent Lewis : Je vais te poser quelques questions à propos de ce que tu as vu tout à l'heure.
Julia Milano : D'accord.
Agent Lewis : Très bien.
Mercedes Milano : Depuis qu'elle a dix ans, on la laisse se rendre toute seule à l'école. Mais après ce qui s'est passé, je ferai en sorte de l'accompagner désormais.
Agent Lewis : Je comprends, madame Milano. Julia, tu as vu Jared Williams, c'est bien ça ?
Julia Milano : Oui.
Mercedes Milano : Elle n'a pas le droit de sortir seule. J'ai pensé qu'il n'y avait pas de danger, étant donné que l'école est toute proche. Du moins, c'est ce que je croyais.
Agent Lewis : Il n'est jamais possible de savoir ce qui peut arriver… Donc, Julia, en allant à l'école, tu es passée devant le parking du centre de services de soins à domicile, c'est bien ça ?
Julia Milano : Oui.
Agent Lewis : Julia, raconte-moi ce que tu as vu en passant devant le parking.
Julia Milano : J'ai vu Jared. Il avait du sang sur sa chemise.
Agent Lewis : Oui. Et que faisait-il quand tu l'as aperçu ?

Julia Milano : Il portait un gros sac. Quand il m'a vue, il m'a fait un signe de la main. J'ai fait pareil et je lui ai dit : « Hé, Jared, qu'est-ce qui t'est arrivé ? » Il m'a répondu : « N'aie pas peur, c'est juste de la peinture. » Alors, j'ai pensé qu'il ne pourrait plus jamais remettre cette chemise, parce que la peinture, ça ne part pas. C'est ce que dit ma maman.
Mercedes Milano : Ma pauvre fille était tout près de lui. Dieu merci, il ne lui est rien arrivé.
Julia Milano : Jared a toujours été gentil avec moi.
Agent Lewis : Julia, à quelle distance étais-tu de lui ?
Julia Milano : Oh, je ne sais pas trop. Il était sur le parking et moi, sur le trottoir. Je ne sais pas combien ça fait comme distance.
Agent Lewis : Je ne sais pas non plus. Mais nous irons vérifier. Je vais te poser encore quelques questions.
Julia Milano : D'accord.
Agent Lewis : Jared était accompagné de deux autres hommes, c'est bien ça ?
Julia Milano : Oui.
Agent Lewis : Tu les connaissais ?
Julia Milano : Non.
Agent Lewis : Tu pourrais me les décrire ?
Julia Milano : L'un d'eux était jeune, brun, et l'autre plus vieux, avec des cheveux grisonnants.
Agent Lewis : Tu es certaine que Jared Williams était avec eux ?
Julia Milano : Oui, certaine. C'était Jared. Il a fait quelque chose de mal ?
Agent Lewis : De quelle couleur était le 4x4 dans lequel ils sont partis ?

Mercedes Milano : Avez-vous bientôt fini, monsieur l'agent ? Je sais que vous avez besoin de rassembler des informations, mais ma fille a besoin de repos après tout ce qu'elle vient de vivre.
Agent Lewis : Oui, madame. J'ai presque fini. Julia, une dernière question : as-tu noté le numéro de la plaque d'immatriculation du 4x4 ?
Julia Milano : Non.
Agent Lewis : Merci, Julia. Je te souhaite une bonne journée.

6

Kelley parcourut le grand hall de la banque d'un regard froid. La lumière faisait briller des reflets dorés dans ses cheveux gris. Il s'approcha de Lewis d'un pas autoritaire.

— Heu ! On a un problème, chef.

Kelley redressa les épaules, apparemment moins sûr de lui.

— Quoi donc ?
— Quelqu'un est mort.
— Qui ça ?
— Molly Roth.
— La petite amie de John ?

La lumière était impitoyable, et Lewis remarqua les rides qui creusaient le visage de son supérieur. Les années avaient été cruelles avec lui. Son attitude fière traduisait un besoin vital de se rassurer sur son physique.

— Je veux des hommes sur tout le périmètre. Commencez les recherches immédiatement.

Kelley parla d'une voix plate qui ne trahissait aucune émotion. Il se rapprocha de la victime. Son corps gisait à même le sol, entre le guichet et la salle des coffres, la tête au pied d'un bureau, les yeux écarquillés, les joues et les lèvres gonflées, une main posée dans l'entaille qui lui transperçait la poitrine. Le sang avait coulé de sa blessure pour former une mare écarlate.

En regardant son visage de plus près, un frisson le parcourut. Lui, qui en avait pourtant vu en matière de meurtres, ravala le flot de bile qui lui remontait dans la gorge et respira profondément. Soudain, il entendit dans son dos une voix stridente avec un accent traînant du Sud :

— Bon Dieu de merde ! blasphéma Marty Wasylyk, le chef du service anthropométrique.

Il suait d'avoir dévalé les marches de l'escalier menant à la banque. Il respirait, les lèvres entrouvertes, à petites bouffées haletantes qui tapaient sur les nerfs de Kelley.

Wasylyk était accompagné de deux hommes munis de valises en aluminium. L'un d'eux jeta un coup d'œil dans le grand hall.

— On a du pain sur la planche, dit-il.

Il jeta un regard sur le corps.

— Ouais ! Ouais ! spécula-t-il.

Puis, jetant par-dessus son épaule un œil vers Kelley, il ajouta :

— Ce n'est vraiment pas de chance.

Kelley regardait le médecin légiste procéder à un premier examen, puis lui demanda :

— Pas de trace d'agression, docteur ?

— Non, aucune trace de violence, répondit celui-ci en hochant la tête.

— Et sous les ongles, aucun indice ?

— Aucun. Pas même un ongle cassé. Elle est morte sur le coup, semble-t-il.

S'approchant, Kelley se pencha de nouveau pour examiner la blessure.

— Quand pourrez-vous pratiquer l'autopsie ?

Wasylyk fronça les sourcils d'un air songeur, tout en recouvrant le corps de la victime d'un drap, et répliqua :

— Je pense avoir terminé vers une heure de l'après-midi. Les résultats du laboratoire ne me seront remis que demain dans la journée, au plus tôt.
— Vous avez fini ?
— Oui. Je ne peux rien faire de plus ici. Il faut transporter le corps à la morgue.

Kelley acquiesça d'un signe de tête et se dirigea vers le hall pour appeler les brancardiers et les techniciens ; ceux-ci avaient interrompu leur travail à l'arrivée du médecin légiste.

— Eh bien, au boulot ! ordonna-t-il. On ratisse tout, du sol au plafond. Je veux des photos, des relevés d'empreintes, la totale.

Il se fit délivrer un reçu du corps par les brancardiers.

— Attendez ! dit-il. Je vous dirai à quel moment vous pourrez le transporter.

Puis, il se tourna vers Lewis et ajouta :

— Il va falloir prévenir ses parents.

— Elle n'a plus de famille, à part John. Sa mère est décédée, et son père l'a abandonnée et a disparu dans la nature.

— Depuis quand vit-elle avec John ?

Lewis parut réfléchir et répondit :

— Bientôt un an.

— Ouais, fit Kelley. Quand un des nôtres souffre, on ne prend pas le temps de réfléchir. Si j'ai appris une chose en vingt ans de métier, c'est qu'un homme qui n'a rien à perdre devient incontrôlable.

— Vous faites allusion à John ? demanda Lewis.

Kelley hocha la tête.

— On doit faire attention à ne pas le pousser trop loin.
Il arpentait la salle d'un pas nerveux.
— Une idée de l'heure à laquelle c'est arrivé, Lewis ?
La voix de Kelley résonna, de plus en plus tendue.
— Oui, vers huit heures trente.
— Je confirme, le coupa Wasylyk.
Soudain, pour la première fois, Kelley serra les lèvres et eut une expression de colère dans le regard.

Lorsque John et Bob arrivèrent sur les lieux, une foule de journalistes s'était rassemblée et se bousculait pour approcher le théâtre du drame. Virginia Ross, journaliste de KIRO TV, une chaîne locale basée à Seattle, micro à la main, parlait devant une caméra, offrant aux spectateurs un visage plein de compassion.

— On ignore encore l'identité de la victime, mais selon nos sources, elle serait morte durant l'échange de tirs entre la police et les braqueurs, annonça-t-elle au journal de neuf heures.

Kelley fulmina en la voyant.

— Lewis, je ne veux pas lui parler. Contentez-vous de lui dire les faits, rien que les faits.

— Très bien, chef.

John et Bob traversèrent la foule d'un pas décidé. Ils évitèrent les micros et les caméras qu'on leur brandissait sous le nez. Ils étaient bousculés, pressés de questions, la nouvelle s'étant répandue comme une traînée de poudre. Une ambulance se trouvait sur les lieux, moteur en marche. Des policiers et des inspecteurs exploraient chaque recoin de la banque.

John aperçut Lewis. Il était dans un état second – un mélange de gêne et de tension qu'il éprouvait pour la première fois.

— Je suis prêt, bredouilla-t-il à la journaliste.

Ross avait des cheveux bruns qui lui tombaient sur les épaules, soulignant son joli visage anguleux. Dotée d'une silhouette fluette et élégante, elle était devenue une célébrité locale. Lewis, impressionné, aurait pu tomber amoureux d'elle dans la seconde, lui qui vivait encore chez sa mère, à l'âge de trente-deux ans. Elle se tourna soudain vers lui et le désigna du doigt.

— Regardez la caméra, lui lança-t-elle comme si elle parlait à un chien.

Sur le coup, Lewis n'apprécia guère le ton de cette remarque, mais il était sous le charme. Aussi, il se contenta d'obéir.

— La victime, une jeune femme de vingt-quatre ans, a été abattue lors d'un échange de balles entre la police et les ravisseurs. Elle est morte sur le coup, c'est tout ce que je peux vous dire.

— Pouvez-vous nous révéler son identité ? demanda la journaliste.

Lewis hésita en voyant John s'approcher de lui.

— Je ne peux rien ajouter pour le moment.

Il prit John par le bras et s'éloigna de la foule.

— C'est terrible, dit-il.

Les mots n'arrivaient pas à sortir de sa bouche.

— Quoi ? demanda John.

— Molly…

— Quoi, Molly ?

— Elle est morte.

John, les yeux écarquillés, le regard perdu au loin, demeura silencieux.

Ils pénétrèrent dans la banque. La journaliste tenta de s'introduire avec eux, mais Bob la prit par le bras et dit :

— Désolé, ma jolie, mais vous ne pouvez pas entrer.

Elle se dressa devant lui, les yeux brillants de colère.

— Laissez-moi faire mon travail. Le public a besoin de savoir qui est la victime.

Elle attendait visiblement un accord, mais Bob se fit un plaisir de rétorquer :

— Ils le sauront bien assez tôt, croyez-moi.

Elle n'allait pas se laisser envoyer paître par ce grand et beau macho.

— Donnez-moi son nom, insista-t-elle.

Bob la repoussa de nouveau. Elle se força à sourire, pencha la tête de côté et plissa les paupières.

— Attendez !

— Désolé, fit Bob en refermant la porte derrière lui.

Son visage crispé la rendait presque laide.

— Non ! le supplia-t-elle.

Un long silence, puis elle glissa son micro dans son sac, prête à faire demi-tour.

— Merde ! On n'a pas eu ce que je voulais, dit-elle à son caméraman.

Elle se détourna en esquissant une moue méprisante.

Une tension électrique régnait dans la banque. En voyant le corps de Molly affalé sur le sol marbré, John sentit un frisson lui parcourir le cou.

— Assieds-toi, John, dit Kelley.

Il l'avait appelé par son prénom. C'était la première fois. Mais John resta debout et attendit.

— Il nous fallait juste une confirmation visuelle, l'informa Kelley. Nous avons donc fait venir Erin West pour identifier la victime. Cela a officialisé la chose.

Les genoux de John s'étaient dérobés, mais il avait réussi à rester debout. Il se mit à secouer la tête : il savait qu'il n'y avait aucun moyen d'esquiver le coup.

— Je regrette, John, reprit Kelley.

John hocha la tête et percevait les paroles de son chef comme venant de très loin, comme à travers un filtre ou sous l'eau. Il revoyait une scène toute simple : Molly regardant la télé sur le canapé, les jambes repliées sous elle, les mains enfouies dans les manches trop longues de son sweat. Sa mine concentrée, cette manière de fixer l'écran, de plisser les yeux pendant certaines scènes, puis de tourner la tête et de sourire quand elle sentait son regard sur elle.

Alors même que son estomac se retournait et qu'il sentait un froid glacial l'envahir, se répandant dans ses veines, et que ses yeux s'emplissaient de larmes, il parvint, d'une façon mystérieuse, à s'isoler. Il ne s'était pas assis. Il n'avait pas pleuré. Il était resté parfaitement immobile. Quelque chose lui enserrait la poitrine, l'étouffait, l'empêchant de respirer.

Soudain, il se ressaisit. Il s'approcha lentement de Molly, s'agenouilla pour l'enlacer, puis l'embrassa sur le front. En saisissant sa main gauche, il remarqua quelque chose qui le fit sursauter intérieurement. Les braqueurs lui avaient volé sa bague de fiançailles.

Kelley fit signe à deux ambulanciers de s'approcher.

— Vous pouvez transporter le corps, dit-il.

Le lendemain, le *Bellingham Herald* titrait : HOLD-UP SANGLANT À BELLINGHAM. L'article était rédigé comme suit :

L'attaque a eu lieu à huit heures trente-cinq, vingt-cinq minutes avant l'ouverture de la Wells Fargo Bank. À ce moment, trois employés, dont le directeur, se trouvaient dans les locaux, quand quatre braqueurs ont fait irruption, armes au poing. Regroupant les employés dans un coin de l'agence, ils se firent remettre, sous la menace, la somme de 135 300 dollars. Durant le braquage, le directeur a été blessé à la tête par un coup de crosse d'AKM. Un passant, en face de la banque, donna l'alerte… Une première voiture de police arriva sur les lieux, déclenchant une fusillade. Les braqueurs étaient armés de pistolets Beretta 92F, mais surtout de Norinco 56S et d'un HK 91, modifiés illégalement pour tirer en rafales. Ils portaient des gilets pare-balles couvrant le torse ainsi que des protections en Kevlar, faites maison, pour protéger leurs bras et leurs jambes. Trois d'entre eux sont sortis par la porte de secours, armés d'AKM chinois et d'un HK 91. Ils ont bondi dans un 4x4 GMC, où un complice les attendait, et ont roulé en direction de Seattle. Leur acolyte, resté dans la banque, les couvrait en tirant sur les forces de l'ordre. Après cinq minutes qui parurent une éternité, selon le témoignage du directeur de la banque, la fusillade cessa. Blessé au niveau de l'abdomen, leur complice, un certain Frank Sisk, a été arrêté. Une employée de la banque,

Molly Roth, vingt-quatre ans, est morte d'une balle perdue, selon le rapport de la police…

7

Le lendemain, quand John se réveilla à la lueur de l'aube, une main douce caressait son cou. Il se tourna et regarda Molly, surpris, vaguement interloqué.

— Viens, dit-elle. Mais faisons ça doucement.

John avait été doux. Et il avait fait ça doucement. À la fin, Molly avait gémi en enfonçant ses ongles dans ses omoplates.

— Oh, John ! Oh, mon amour, murmura-t-elle.

Elle avait murmuré ces mots, et son souffle dans l'oreille de John le faisait frémir alors qu'il savourait le moment.

— Je t'aime, Molly, chuchota-t-il à son tour.

Ils prirent une douche avant de prendre le petit déjeuner dans la cuisine. Il lui déclara que jamais il ne la quitterait et qu'il s'occuperait d'elle jusqu'à la mort. Elle hocha la tête, hésitante, en grignotant ses toasts. Puis il se leva et dit :

— Attends ! Je reviens tout de suite.

Le temps d'aller dans la chambre pour récupérer la bague de fiançailles qu'il avait soigneusement cachée dans un des tiroirs de la commode et de revenir, elle avait disparu. Il leva les yeux au ciel et s'écria :

— Non !

Molly était bel et bien morte.

Sa vie ne s'écroula pas le jour de sa mort. C'est ce que John se dit par la suite, mais il se mentait. Il avait su tout de suite, dès les premiers mots, que c'en était fini de sa relation paisible et amoureuse. Les mots étaient simples, mais la manière – empreinte de diligence presque – lui fit comprendre que rien ne serait plus comme avant.

Ils avaient vécu ensemble un an et, tout ce temps avait été agréable – même merveilleux – mais désormais, elle n'était plus là. Il se dit que ç'aurait pu être différent si elle avait survécu, s'ils avaient eu des enfants, mais Molly ne pouvait pas en avoir. Ils avaient commencé par faire des tests, et c'est ce que le médecin avait conclu. Alors John lui avait offert un chat, un chat vénitien qu'elle avait baptisé Elvis. Elle adorait ce chat, mais un jour, il mourut écrasé par une voiture.

Avant John, Molly ne savait pas ce que c'était que faire l'amour. La première fois, elle croyait être tombée amoureuse de lui, pensant que ce n'était que du désir – une erreur commune. La deuxième fois, elle s'était sentie prête à lui parler de Brad Peterson. Elle avait bu une gorgée de Martini avant de tout lui raconter.

Elle lui confia qu'elle était vierge et qu'elle n'avait jamais vu la « chose » qui permet de faire des bébés. Elle avait entrevu le sexe de Brad, mais ce dernier refusait de le montrer. Brad venait d'une vieille famille protestante fondamentaliste. Il était charmant, séduisant même, mais d'une pudeur maladive, bien qu'il fût fou amoureux de Molly. Et la grand-mère de Molly l'adorait.

Un autre fait troublant chez Brad : son besoin compulsif d'hygiène et de propreté. Toutes ses chemises étaient rangées par couleur, tout comme ses chaussettes et ses caleçons. Il se lavait deux fois par jour, se nettoyait les mains avec du gel hydroalcoolique. John pensa à des troubles obsessionnels compulsifs et se rappela le personnage de Howard Hughes, interprété avec brio par Leonardo DiCaprio dans *Aviator*.

Molly révéla que Brad n'avait jamais été brutal avec elle. Certes, il l'avait grondée une ou deux fois, mais sa brutalité était d'une autre nature, et elle ne pouvait pas en parler. Surtout pas à sa grand-mère qui lui avait dit : « Si tu dis la moitié d'une prière avant ton mariage et l'autre moitié pendant ton mariage, tu seras heureuse. »

Elle essaya d'en parler à son amie Erin, une seule fois. C'était un soir, après les cours à la fac. Erin l'aidait à ranger ses courses et avait dit : « Je ne pourrai pas t'aider sur ce coup-là, les hommes ne sont pas mon type. » Molly n'en reparla jamais, car elle n'en avait pas vraiment envie. Elle avait trop honte. Avec John, tout était sorti d'un coup. Ses mots, brouillés par les larmes, suffirent pour qu'il comprenne.

Les moments d'intimité avec Brad se limitaient à quelques attouchements ; elle en chemise de nuit, lui en pyjama. « Vas-y, tu peux y aller », disait-il. Molly glissait alors sa main sous le drap pour le masturber. Une fois soulagé, Brad se levait précipitamment en direction de la salle de bain pour prendre une douche. Une fois, il l'avait grondée parce qu'elle avait oublié de se laver les mains. Il était hors de lui, criant comme un putois. Il s'était excusé le lendemain, mais sur le moment, on aurait dit qu'elle avait commis une faute irréparable.

Lorsque Molly lui avait tout avoué, John eut un regard compatissant. Pour lui, il n'y avait rien de honteux. Brad souffrait probablement d'un syndrome, quelque part entre la névrose grave et la psychose pure.

Une sirène de pompier ramena John à la réalité. Il marcha vers la chambre. En voyant un cadre sur la commode, ses joues s'empourprèrent. Sur la photo, Molly arborait son plus beau sourire. Soudain, il la revit, vivante et belle. Tout le monde disait qu'elle était jolie, même Bob, qui, pourtant, ne l'appréciait pas.

Une heure plus tard, Erin et Bob lui rendirent visite. John contemplait une image de Molly à la télévision. Erin s'assit à côté de lui sur le canapé. En se penchant pour mieux voir le reportage, la chair blanche sous ses bras tremblota, révélant quelques amas graisseux. La journaliste Virginia Ross demandait au chef Kelley si la police soupçonnait quelqu'un en particulier.

— Comment voulez-vous que je réponde à une question pareille ? répliqua-t-il. Une chose est sûre : Mademoiselle Roth n'a jamais fait de mal à personne.

— C'est vrai, elle n'a jamais fait de mal à personne, approuva Erin.

Sa voix se brisa.

Bob lui tendit un mouchoir et s'assit à côté d'elle, tandis que John se leva pour aller dans la cuisine.

À l'écran, les images de Molly avaient cédé la place à une publicité pour une boisson énergisante.

— Je ne comprends pas comment ils ont pu s'en tirer, dit Erin en parlant des braqueurs.

— Moi, si, répondit John.

D'un même mouvement, Erin et Bob pivotèrent vers lui, légèrement surpris de le voir debout derrière eux, comme s'il venait d'apparaître par enchantement.

— Quoi ? murmura Bob en l'observant de ses yeux bruns.

John prit quelques secondes de réflexion avant de répondre :

— Ils avaient un complice.

Avec un léger sourire, Bob fit non de la tête.

— John a raison, admit Erin.

Le regard de Bob se posa sur elle, puis sur John, avant de s'immobiliser sur l'écran de télévision.

— Molly était ma meilleure amie, déclara soudain Erin avec emphase, comme si elle se préparait à un long discours. Ma meilleure amie. Pour moi, ce n'est pas rien.

— Ça va aller, fit Bob.

— Ça n'ira pas tant qu'on n'aura pas retrouvé ces salauds, le coupa John.

Erin éteignit la télévision. L'absence soudaine d'images et de sons ne fit qu'augmenter la confusion de John. À plusieurs reprises durant la conversation, il jeta des coups d'œil vers l'écran noir, comme s'il espérait une intervention divine pour le rallumer.

Il quitta la pièce. Erin et Bob l'entendaient faire des allées et venues dans la cuisine, ouvrir le réfrigérateur pour y prendre une bière et fouiller dans les placards. Ensuite, il revint au salon.

— Molly n'a jamais fait de mal à personne. Elle ne méritait pas de mourir, dit-il.

Sa voix était chargée d'émotion.

Il en profita pour exprimer combien il détestait sa propre vie. Il se sentait seul ; il parlait de Molly comme d'un trésor volé. Au fond, il paraissait surtout révolté. En mourant, sa compagne lui avait brutalement compliqué l'existence.

8

En dépit de tout le sang qu'il avait perdu, d'abord à cause de sa blessure à l'abdomen, puis de l'extraction de la balle, Frank Sisk n'avait pas le visage pâle. Au contraire, il était congestionné par la fièvre. Bien qu'il se sente faible, il ne souffrait pas, grâce aux anesthésiques. Et même s'il était en proie à une certaine confusion mentale, il avait conscience de ce qui se passait autour de lui et demeurait convaincu de pouvoir s'en sortir.

— Vas-tu me donner les noms de tes complices ? demanda Kelley, espérant naïvement une réponse.

Sisk parvint à sourire sans ouvrir les yeux. Il avait une réponse toute prête.

— Les frères Dalton, dit-il d'un ton aussi léger que le lui permettait sa bouche desséchée.

— Il me faut tes vrais complices. Dis-moi où ils se planquent.

Cette fois, Sisk ne répondit pas. Il força ses paupières alourdies à s'entrouvrir et observa le visage de Kelley, penché sur lui. Il se rappelait l'avoir déjà vu, sans arriver à se souvenir de son nom. Les autres personnes présentes lui étaient inconnues ; il supposa que l'un était le médecin et l'autre l'infirmière, car ils portaient des blouses blanches.

L'infirmière était brune, un peu forte, avec des yeux et une bouche quelconque.

— Nous souhaitons qu'il soit transféré d'urgence à l'infirmerie de la prison, dit Kelley.

— Impossible, répondit le médecin.
— Docteur, reprit Kelley d'un ton ferme, cet homme a tiré sur mes agents. Sa place est en prison.
— Si vous le transportez maintenant, le seul endroit où vous l'emmènerez sera dans un cercueil. Une hémorragie l'emportera.

Kelley se gratta le front, essayant d'assimiler ce qu'il entendait.

— Dans combien de temps pourra-t-on le transporter sans risquer une hémorragie ?
— Difficile à dire, répondit le médecin. En général, le risque de complications internes disparaît lorsque la fièvre post-opératoire baisse et que la température redevient normale. Cet homme a 40°C. Il va falloir que la fièvre diminue progressivement, car son organisme ne supportera pas les fébrifuges pendant quelque temps. Cela peut prendre une semaine, voire plus.

Sisk sourit intérieurement.

Dès que je serai rétabli, je pourrai filer, pensa-t-il.

— Sa blessure, c'est grave ? demanda Kelley.
— La balle est entrée au niveau de l'abdomen, expliqua le médecin. Par chance, aucun organe vital n'a été touché. D'un point de vue médical, elle n'aurait pas pu être mieux placée. À présent, il n'y a qu'une chose à faire : attendre que la fièvre tombe.

Kelley hocha la tête, l'air contrarié.

— Très bien, docteur. Alors nous vous le laissons jusqu'à ce que vous le déclariez transférable. Mais son séjour ici va nécessiter quelques mesures de sécurité. Trois gardes se relaieront, vingt-quatre heures sur vingt-quatre.

Je vous prierai également d'assigner une infirmière spécialement à cette chambre et de faire en sorte que personne d'autre appartenant à l'hôpital n'y entre.

— Oui, fit le médecin avec un soupir. Nous ferons ce que vous jugerez nécessaire.

Sisk entendit des pas s'éloigner de son lit. Il tendit l'oreille pour continuer à percevoir les voix, qui devenaient plus faibles.

— Et pour l'infirmière ? demanda Kelley.

— Mademoiselle Jones, que voici, est de garde cette semaine. Elle sera assignée à cette chambre.

De nouveau, Sisk sourit intérieurement, satisfait d'avoir pour soignante l'infirmière brune et un peu forte.

Les voix se perdirent hors de la chambre, et le silence s'appesantit sur Sisk. Il ouvrit les yeux, observant tout ce qu'il pouvait voir sans bouger la tête, puis il les referma. Son esprit devenait de plus en plus flou, et il ne tarda pas à sombrer dans un sommeil provoqué par les médicaments.

Le lendemain, quand il se réveilla, une main fraîche lui tenait le poignet. Laissant filtrer un regard entre ses paupières, il aperçut l'infirmière au teint pâle qui s'était occupée de lui la veille. Elle lui prenait le pouls en observant son visage. Un badge était épinglé à sa blouse : GLENDA JONES, I.D.

Bon sang, c'est elle ! se réjouit de nouveau Sisk.

Puis il se figea en constatant qu'un garde en uniforme était assis en face de son lit.

— Vous êtes enfin réveillé, dit-elle. Je vais prendre votre température.

Elle plaça un thermomètre sous sa langue et, en attendant, nota des informations sur sa feuille de température. Sisk la détailla attentivement. Comme il l'avait remarqué la veille, elle était petite et potelée. Outre son teint, elle avait des lèvres un peu trop épaisses, et ses yeux comme sa chevelure étaient sans éclat. Elle devait avoir entre trente-cinq et quarante ans, et Sisk nota qu'elle ne portait pas d'alliance.

— Voyons voir, fit-elle en lui retirant le thermomètre de la bouche.

Elle tourna l'appareil pour vérifier le niveau de mercure : 39,5. Soit cinq dixièmes de moins qu'hier.

— Comment vous sentez-vous ? demanda-t-elle.

— Un peu engourdi, répondit Sisk d'une voix volontairement pâteuse. J'ai faim et soif, ajouta-t-il.

— Avez-vous mal au ventre ? À l'endroit de la blessure ?

Il secoua la tête en signe de dénégation.

— Très bien. Le docteur m'a ordonné de vous donner ceci, fit-elle en lui tendant un cachet. Avalez-le, et dans un petit moment, j'irai chercher votre petit-déjeuner.

Comme elle s'apprêtait à partir, Sisk dit :

— Attendez…

Elle s'immobilisa et se retourna.

— Oui ?

— Donnez-moi votre main.

— Quoi ? fit-elle en fronçant les sourcils d'un air incrédule.

— Oui… Comme tout à l'heure.

L'infirmière rougit légèrement. Elle ouvrit la bouche pour refuser, mais jeta un coup d'œil vers le garde en uniforme, absorbé par la lecture d'un magazine automobile, sans leur prêter attention. Rougissant de plus belle, elle lui tendit sa main d'un geste hésitant. Sisk lui serra doucement les doigts, esquissant un sourire.
— Merci, dit-il avant de refermer les yeux.
Elle ne répondit rien et s'en alla chercher son petit-déjeuner.
Plus tard, après l'avoir redressé et calé contre l'oreiller, elle le faisait manger à la cuillère.
— Je ne voulais pas vous manquer de respect, tout à l'heure, dit Sisk. C'est juste que vous me rappelez une fille que j'ai bien connue au lycée. Elle était charmante, comme vous.
L'infirmière resta un moment à le regarder attentivement, ses lèvres trahissant un doute face à ce qu'il venait de dire.
— Qu'y a-t-il ? demanda Sisk.
— Rien, répondit-elle froidement.
Lâchant sa tête en arrière, Sisk dit d'un ton agacé :
— Je n'en veux plus.
Et il ferma les yeux.
L'infirmière se figea, la cuillère de yaourt aux fruits à mi-parcours. Voyant qu'il ne souhaitait plus manger, elle posa la cuillère dans le pot et s'éclipsa en silence.
— Tu n'as pas été gentil avec elle, lança le garde.
— Qu'est-ce que ça peut vous faire ? répliqua Sisk, agacé.
Le garde quitta sa chaise et sortit dans le couloir.

Se soulevant sur un coude, Sisk aperçut le garde discuter avec quelqu'un dans le couloir. Il promena son regard autour de la chambre. Les fenêtres étaient condamnées.

Une seule issue possible, pensa-t-il, *la porte. Puis le couloir, l'escalier ou l'ascenseur. Enfin, la rue.*

— Comment se porte notre tueur ?

Sisk tourna la tête, grimaçant, et aperçut une silhouette dissimulée dans la pénombre de la chambre.

— Qui êtes-vous ?

L'homme s'approcha, portant un masque pour dissimuler son visage. Avec la complicité du garde, il avait réussi à entrer.

— Que voulez-vous ? demanda Sisk.

— Une adresse… Celle où se cachent tes complices.

Sisk fronça les sourcils, feignant l'étonnement.

— Quoi ?

— L'endroit où ils se cachent.

— Je l'ignore.

— Ne te fatigue pas à mentir. Je sais que vous aviez prévu de vous retrouver quelque part.

— On n'a pas vraiment eu le temps d'en parler. Hier, ça tirait dans tous les sens.

— Alors, voilà la situation : si tu refuses de parler, je défais les points de suture de ta blessure. Tes acolytes, je les aurai tôt ou tard. Mais toi, tu devrais faire preuve de bon sens et me dire où ils sont.

L'homme s'assit et se laissa aller contre le dossier de la chaise.

— Allez, crache le morceau.

Sisk hésita avant de répondre :

— Tout ce que je sais, c'est qu'ils sont partis vers le sud.
L'homme poussa un gros soupir en haussant les épaules.
— Très bien. Je t'aurai prévenu.
Il s'approcha de Sisk et appuya un doigt sur sa plaie.
— Aïe ! Arrêtez, bon sang !
Il continua jusqu'à ce que Sisk s'évanouisse.

Après le départ de l'homme, Sisk demeura allongé dans son lit, très pâle, se sentant glacé malgré la fièvre. En le voyant ainsi, l'infirmière accourut et posa la main sur son ventre.

— Vous saignez, dit-elle.

En entendant sa voix, Sisk sentit un pincement au cœur.

— Je ne veux pas aller en prison.
— Je ne les laisserai pas faire.
— Vous le pensez vraiment ?
— Je peux arranger ça, dit-elle vivement. Il me suffit d'inscrire que vous avez encore de la fièvre.
— Oui, c'est une solution… Et ça marchera ?

L'infirmière acquiesça avec enthousiasme :

— Bien sûr.

Au cours des heures suivantes, Sisk échafauda un plan d'évasion. Durant la nuit, il le mit en œuvre.

Lorsque les lumières étaient éteintes et que le garde tuait le temps en consultant son smartphone, Sisk restait éveillé, exécutant discrètement des mouvements pour assouplir ses muscles.

À minuit, l'infirmière entra dans la chambre, passa devant le garde endormi et remit à Sisk des vêtements qu'elle avait apportés. Lorsqu'il fut habillé, il passa un bras autour de ses épaules et se dirigea vers la porte. En voyant le garde affalé, bras ballants, Sisk s'immobilisa.

— Attendez ! chuchota-t-il.

Soulevant le rabat de l'étui, il prit l'arme du garde. L'infirmière jeta un coup d'œil nerveux vers le revolver, mais resta silencieuse et ils se remirent à marcher. Ils prirent l'ascenseur jusqu'aux cuisines désertes de l'hôpital. De là, elle le guida jusqu'au quai de déchargement situé derrière le bâtiment.

Ils progressaient avec lenteur, car Sisk souffrait et transpirait abondamment. Par chance, ils ne rencontrèrent personne et, après plusieurs pauses pour qu'il reprenne son souffle, ils atteignirent le parking du personnel.

— Vous êtes tout pâle ! remarqua l'infirmière en l'installant dans sa voiture. Votre front est brûlant.

— Ne vous inquiétez pas ! Démarrez… vite !

L'infirmière vit que sa main reposait sur la crosse du revolver. Elle mordit sa lèvre inférieure, actionna le démarreur, et ils prirent la route. Sisk lui indiquait le chemin d'un ton sec, empruntant des routes secondaires pour éviter tout barrage de police.

— Tournez à gauche après le panneau, dit enfin Sisk.

Ils étaient dans un lieu désert, comme hors du temps et de l'espoir.

— Continuez encore un peu. Jusqu'à la cabane ! intima Sisk.

L'infirmière gara la voiture.

— Aidez-moi à sortir. Nous allons nous réfugier à l'intérieur.

Sisk, en sueur et appuyé sur son bras, marcha vers la porte et y frappa doucement.

— Qui est-ce ? demanda une voix étouffée de l'intérieur.

— Ouvre, Jared. C'est Sisk.

9

Les braqueurs avaient traversé l'État de Washington avant que la police ne puisse établir des barrages. Après une longue journée de route, ils avaient dépassé Mountain Gate, un patelin situé entre Delta et Redding, en Californie. Une fois convaincus d'avoir semé leurs poursuivants, ils se réfugièrent dans une cabane isolée en pleine campagne.

— Si les flics débarquent, ça va être leur fête, lança Conrad, le plus vil de la bande.

Meeker cligna des yeux et lâcha un « pfut », manifestement agacé qu'un de ses subalternes plaisante en un tel moment, sans se douter que cette blague trahissait en fait un soulagement.

Lorsque Sisk les rejoignit, Meeker remarqua quelque chose d'inquiétant.

— Tu saignes ?

Sisk posa la main sur son abdomen et esquissa un sourire effaré.

— Ce n'est rien, dit-il.

— T'es sûr ? T'as une drôle de tête.

— Je vais...

Il n'eut pas le temps de finir sa phrase avant de s'écrouler au sol.

— Jared, occupe-toi de lui. Il faut refaire son pansement.

Meeker fixa l'infirmière d'un regard autoritaire.

— Qui êtes-vous ? demanda-t-il.

Elle se figea, apercevant les lettres tatouées sur ses doigts, puis répondit :
— Glenda Jones, l'infirmière chargée de le soigner.
— Bon, l'infirmière, lança-t-il d'un ton détaché, maintenant vous pouvez partir.
Elle le regarda fixement, sans rien dire.
— Si vous êtes maligne, vous allez regagner l'hôpital immédiatement. De cette manière, on croira que son évasion a été organisée de l'extérieur et vous ne serez pas inquiétée.
— Si je suis là, c'est pour m'occuper de Monsieur Sisk.
— Monsieur Sisk est entre de bonnes mains, désormais. Au revoir, mademoiselle.

L'infirmière se dirigea vers la porte, et Conrad la suivit. Devant elle, le décor désertique semblait s'étendre à l'infini. Elle se mit à marcher d'un pas rapide.

T'es vraiment trop gourde, se reprocha-t-elle amèrement.
— Plus vite que ça ! lança Conrad, furieux.

Son sang se glaça. Même sans revolver, il lui aurait fichu la frousse. La haine marquait son visage, et son regard mauvais n'avait rien de rassurant. Il s'avança vers elle et lui tourna autour avant de retourner à la cabane, bombant le torse.

Ouf ! pensa-t-elle en elle-même, une fois dans la voiture.

Elle faillit s'effondrer sur place. Bien qu'elle ait d'abord envisagé de rester, l'envie l'avait aussitôt quittée.

Pendant ce temps, Jared, chargé de ranimer Sisk, fouillait dans un sac pour y trouver une mignonnette de whisky qu'il aurait pu oublier, mais il n'y en avait pas. Il mit cependant la main sur un Hershey's encore emballé. La barre de chocolat au lait était aussi molle que de la neige fondue.

— Tu la veux, Sisk ? Vas-y, tu as besoin de sucre.

Sisk la dévora en deux bouchées, puis entreprit de lécher le chocolat collé à ses doigts. Soudain, il se ranima.

— J'ai soif, se plaignit-il.

Meeker toucha son front fiévreux. Il était inquiet pour lui et se demandait comment il pourrait se rétablir, d'autant qu'aucun d'entre eux n'était médecin. Mais une autre préoccupation l'occupait l'esprit.

Jared sortit une bouteille d'eau de son sac à dos et l'approcha des lèvres de Sisk, dont les joues étaient sillonnées de larmes.

— Merci, Jared. Ça va mieux, maintenant.

Jared hocha la tête, comme s'il y croyait – et il le croyait sans doute.

— Il nous faut une pharmacie et de quoi recoudre cette plaie, estima-t-il.

Sisk le regarda et perdit toutes ses couleurs.

Quelques kilomètres plus loin, Conrad et Doyle, un autre membre de la bande, trouvèrent ce qu'il fallait dans une droguerie isolée.

Jared s'empara du matériel et avertit Sisk :

— C'est le moment d'enlever ta chemise, mon vieux, et de voir si c'est grave.

Cela prit trois minutes. Le temps qu'il en soit à son tricot de peau, ils transpiraient tous les deux. À trois reprises, Jared dut lui mettre la main sur la bouche pour étouffer ses gémissements. La chemise de Sisk avait une grande tache rouge, et sur son abdomen, une bosse percée en son centre ressemblait à un petit volcan.

— Arrête ! haleta-t-il, les larmes aux yeux. Je t'en prie, arrête…

— Laisse-moi faire, dit Jared en lui passant une main apaisante dans les cheveux. Après, tu pourras te reposer.

— Bon sang, ça fait mal !

Cinq minutes plus tard, Jared s'essuya le front et confirma :

— C'est bon, c'est recousu. Dors un peu. T'as besoin de te reposer.

— J'peux pas ! J'ai trop mal. Emmenez-moi à l'hôpital.

— Tu veux qu'on se fasse arrêter ? s'énerva Meeker.

Un long silence tomba sur la cabane.

Les braqueurs restèrent trois jours dans ce lieu vétuste et isolé. L'infirmière n'avait rien révélé à la police, et personne ne découvrit jamais leur cachette.

Sisk reprenait parfois connaissance, mais, la plupart du temps, il délirait. Il parlait de son frère, un homosexuel mort du sida.

— Bernie aime les garçons, répétait-il sans fin.

Meeker avait bien cru qu'il allait devenir cinglé.

Le troisième jour, Sisk dormait comme un mort. Meeker s'approcha de lui et dit :

— Il n'a pas l'air de respirer.

Il approcha son oreille de sa bouche, mais n'entendit rien. Il sentait un léger souffle sur sa peau, mais ce n'était probablement que l'air du ventilateur que Conrad et Doyle avaient trouvé.

— Tu es sûr qu'il va bien, Jared ?
— On ne peut jamais savoir. En tout cas, il respire.
Meeker secoua la tête.
— Ouais… Selon toi, combien de temps va-t-il rester inconscient ?
— Je sais pas ! Je suis pas médecin.
Meeker se tourna vers la fenêtre, l'air soucieux. À ce moment, Doyle pénétra dans la cabane.
— Il est encore en vie ? demanda-t-il. S'il est juste inconscient, on ferait mieux de lui donner de l'oxygène, sinon il pourrait avoir des lésions cérébrales.
Meeker haussa de nouveau les épaules.
— Depuis quand tu t'y connais en médecine ?
— Je n'y connais rien, mais j'ai appris deux ou trois trucs quand j'étais secouriste bénévole.
— Doyle a raison, confirma Jared. C'est comme ça que les médecins procèdent à l'armée.
— Eh bien, qu'est-ce que t'attends ? Donne-lui de l'oxygène !
À la troisième bouffée d'oxygène, Sisk se réveilla en sursaut.
— Waouh ! lança Jared. On a cru t'avoir perdu.
Ils restèrent là un moment, à discuter. Jared sortit une bière d'un carton et en tendit une à Sisk. Tous buvaient, et Meeker leur parla de leur plan à venir.
Sisk alluma une cigarette et prit une gorgée de bière. Elle parut lui redonner vie ; il était presque redevenu lui-même.
— T'as beaucoup de chance, dit Meeker.
— Qui a réussi à recoudre la plaie ? demanda Sisk.

— Jared, pardi ! Son séjour à l'armée lui aura servi.

Jared esquissa un sourire timide, satisfait de voir son camarade aller mieux.

— Conrad, tu vas rester avec Sisk, le temps qu'il se remette. Je vous dirai ensuite où et quand on se retrouvera, annonça Meeker.

Il sortit.

Ils n'étaient cependant pas convaincus, à en juger par le regard hanté de ses yeux. Meeker savait que sa santé mentale reposait sur le fait de rester constamment méfiant – du moins, c'est ce qu'il s'imaginait. Il ouvrit la bouche pour ajouter quelque chose, mais aucun son n'en sortit. Ses yeux clairs semblaient pleurer, et une lueur de deuil flottait dans ses prunelles.

10

Le radioréveil se mit en marche à six heures quarante-cinq. John étendit la main gauche, cherchant à tâtons le bouton pour l'éteindre. Il reconnut la voix obstinément bienveillante de Virginia Ross, bien que stridente, et se figea en apprenant que le prisonnier s'était évadé de l'hôpital. Beaucoup de pluie était tombée durant la nuit, et la météo annonçait qu'elle ne cesserait qu'en fin d'après-midi.

John soupira en se renversant sur son oreiller et en remontant le drap jusqu'au nez. Il n'avait aucune envie de se lever. À contrecœur, il quitta la chaleur de son lit, rejeta le drap, traversa rapidement la chambre et prit dans la penderie une chemise à fleurs qu'il mettait lorsqu'il n'était pas de service.

Dans la salle de bain, il se doucha rapidement et ne prit pas la peine de se raser. Il enfila un jean noir. En serrant la ceinture autour de sa taille, il regretta une fois de plus de ne pas avoir hérité de la minceur de sa mère, mais de la carrure élancée et des épaules carrées de son père. Il coiffa en arrière ses cheveux bruns avec du gel Soft Water Pomade de Baxter of California. Il avait les yeux de sa mère : de grands yeux noisette, mais la peau blanche de son père.

John était le fils de Daniel Snow, développeur de logiciels, et de Kaya Raine, responsable des activités culturelles à la mairie de Bellingham. Du côté de son père, il avait des origines irlandaises, et, du côté de sa mère, il était en partie d'ascendance amérindienne (Outaouais). Il avait grandi à Ferndale, en banlieue nord de Bellingham.

Il marcha vers la fenêtre et releva le store. La pluie continuait de tomber. Depuis son appartement sur Elridge Avenue, il voyait normalement le port de Bellingham, mais ce matin-là, il distinguait à peine les bateaux dans la marina. La route était inondée et déjà encombrée de voitures avançant au pas.

Arrivé dans la cuisine, il se servit un café.

D'ordinaire, c'était Molly qui préparait le petit déjeuner. Avant de vivre avec elle, il prenait son petit déjeuner dehors : un solide repas de bacon, œufs et fromage, qui lui donnait un peu de ventre, ce qu'il redoutait par-dessus tout. Elle l'embrassait et lui demandait ironiquement : « Alors, prêt à affronter tes semblables aujourd'hui ? » Il souriait en éludant la question. Elle prenait le pichet de jus d'orange dans le réfrigérateur, lui servait un grand verre, un petit pour elle, puis commençait à faire griller les toasts. John parcourait la page des sports du *Bellingham Herald*, tandis qu'elle écoutait la radio en beurrant les toasts.

Mais en levant les yeux, il se rendit compte qu'elle n'était plus là. Pas de toasts ni de jus d'orange devant lui. Il trempa à peine les lèvres dans son café, regarda sa montre et s'alarma :

— Bon sang, mon rendez-vous avec la psy !

Les pneus de la Chevrolet crissèrent lorsqu'il prit le virage au bout de la rue et disparut derrière l'église, en direction du centre-ville. Une fois garé, il courut jusqu'au bâtiment et, arrivé à l'ascenseur, rangea son trousseau de clés.

Lorsque le docteur Helen Midland entra dans la salle d'attente, elle ressentit un profond soulagement en le voyant. Elle avait des cheveux roux bouclés et des yeux verts assortis à son tailleur beige de chez Hermès.

John était assis devant la fenêtre, les bras appuyés sur les genoux, les yeux fixés sur son smartphone. Il sentait bon le gel douche à la framboise et portait sa belle chemise à fleurs. Il ne fit pas un geste, mais redressa les épaules comme s'il avait senti sa présence. Heureusement, elle était de biais et il ne pouvait pas voir son expression soulagée.

— Bonjour, John. Je suis ravie de vous voir.
— Moi aussi, répondit-il d'un ton agacé.

Midland sentit un frisson la parcourir en entendant ce ton.

— Passons dans mon bureau, je vous prie.
— Très bien, docteur.

Cette affirmation courtoise ne la trompa pas : il appréhendait ce rendez-vous, malgré ses efforts pour le dissimuler.

— Vous pouvez entrer.

Une fois dans la pièce, elle désigna à John le fauteuil confortable tourné dos à la fenêtre. Elle s'assit en face de lui.

— Comment allez-vous, John ?
— Je ne sais pas.
— Vous dormez bien ?
— Pas beaucoup.

— Vous êtes fatigué ?
— Oui.

Il changea de position, l'air tendu.

— La procédure habituelle serait de faire plusieurs séances pour explorer vos problèmes avant de passer à l'étape suivante.

— Je n'ai pas vraiment le temps, répondit-il.

— Je comprends votre sentiment d'urgence, dit-elle d'une voix douce. Nous pouvons passer à l'étape suivante, si vous le souhaitez.

— D'accord, fit-il, pressé d'en finir.

— Très bien. Mettez-vous à l'aise.

Il étendit ses longues jambes et croisa les chevilles, tandis qu'elle se penchait vers lui.

— Je vais vous poser une question… Si vous pouviez fuir vos problèmes et partir en vacances, où iriez-vous ?

— Je ne sais pas. À la montagne, je suppose.

— Vous aimez la montagne ?

— Oui.

— Un bon choix. Fermez les yeux et imaginez-vous face à l'étendue bleue d'un lac. Racontez-moi ce que vous voyez.

— Comment ça ?

— Concentrez-vous, John.

— D'accord, répondit-il après un moment d'hésitation.

— Que voyez-vous ?

— Je ne vois rien.

Elle fronça les sourcils.

— Bon. Essayons autre chose. Revenons au moment où vous avez vu Molly pour la dernière fois. Que s'est-il passé ?

— Je ne sais pas.

— Vous vous êtes disputés ?

Il secoua la tête d'un côté à l'autre, visiblement troublé. Un son étranglé lui échappa.

— Tout va bien, le rassura-t-elle.

— Non.

Le visage de John se crispa, et sa voix monta d'un ton.

— Molly n'est plus là. Elle est partie sans que je puisse...

Il s'interrompit, meurtri et déconcerté. Sa culpabilité était si intense que Midland sentit les larmes lui monter aux yeux.

— Ce n'était qu'une dispute d'amoureux, John.

— Ce n'était pas une dispute !

Le visage livide, il leva la main pour essuyer la sueur qui perlait sur son front. Lorsqu'il se leva à moitié de son fauteuil, elle se pencha de nouveau vers lui.

— Calmez-vous, John. Arrêtez de vous reprocher ce qui est arrivé.

À cet instant, il se rappela un après-midi brûlant de soleil, lorsqu'il avait treize ans ; une journée écrasante qui incitait à la paresse...

Adossé à un gros chêne, John observait son voisin. En fait, ce n'était pas vraiment un voisin, mais un enfant en visite chez ses grands-parents. Tandis que John tuait le temps dans le jardin, l'autre garçon cherchait un nid de fourmis au bas du perron, se penchant de temps en temps

comme s'il l'avait enfin trouvé. Ils levèrent les yeux en même temps, et leurs regards se croisèrent. Ce fut le garçon qui parla en premier :
— Tu habites ici ?
— Oui, répondit John.
— Que fais-tu ?
— Rien de spécial.
La barrière des soupçons était tombée.
— Je m'appelle Ralph.
— Et moi, John.
— T'as un vélo, John ?
— Oui.
— Moi, j'ai un scooter.
Devant cette déclaration impressionnante, John demeura bouche bée. Il chercha quelque chose d'aussi impressionnant à dire, mais son père apparut sur le pas de la porte avant qu'il eût trouvé.
— Bonjour, dit-il à Ralph. Tu es le petit-fils de Robert Morley ?
— Oui, monsieur.
— Tu te plais bien ici ?
— Oui, monsieur.
— Parfait. Vous voulez un goûter ?
Ils s'assirent à l'ombre du porche, dégustant un pain au chocolat en silence, accompagnés d'un verre de lait.
Une rafale de vent chaud fit tourbillonner les feuilles mortes. Une mouche s'envola et se posa à côté d'eux, et ils la contemplèrent comme s'ils n'avaient jamais vu de mouche de leur vie. Ralph inclina la main lentement et

rabattit habilement sa paume sur la mouche aveuglée par le soleil.

— J'l'ai eue ! lança-t-il. J'la tue ?

L'idée déplut à John, qui détourna le regard pour dissimuler son malaise.

— J'vais l'écraser.

Ralph courba sa main en un dôme, puis la serra.

— Tu crois qu'elle est morte, maintenant ?

John voulait voir ; ses yeux ne pouvaient se détacher de la main de Ralph, qui retint la mouche captive. Mais Ralph relâcha sa main, et la mouche s'envola.

John poussa un soupir de soulagement. Ralph, impassible, s'essuya la main avec une serviette.

— Si seulement j'avais mon scooter, se lamenta-t-il.

Puis il pointa un doigt.

— C'est quoi, ça ?

— Où ? demanda John en suivant la direction.

— Au fond du jardin ?

— C'est l'atelier de mon père.

Ralph leva les yeux vers John, intrigué.

— Un atelier pour quoi faire ?

— Mon père adore bricoler.

Un sourire s'étira sur les lèvres de Ralph, visiblement impressionné.

— Je peux aller voir ?

John jeta un coup d'œil vers la maison, vérifiant que son père n'était plus visible. Il réfléchit avant de répondre :

— Oui, je crois.

Il se leva paresseusement, mais intérieurement nerveux ; il n'était jamais allé à l'atelier sans son père, qui répétait sans cesse : « Ce n'est pas un endroit pour jouer. »

En traversant la pelouse, il sentit ses jambes fléchir légèrement, mais continua à marcher tandis que Ralph le suivait en sautillant. Juste avant d'entrer, John regarda de nouveau vers la maison, baignée de soleil et silencieuse. Il ouvrit la porte, et une bouffée d'air frais et de colle lui emplit les narines. Soudain intimidé, Ralph s'infiltra.

— Je vais fermer la porte, dit John.

Il la referma d'un coup sec.

— Hé, il n'y a plus de lumière ! cria Ralph, légèrement effrayé.

— Attends, je vais allumer.

Bien qu'il partage sa peur, John avança jusqu'à l'interrupteur. La pièce s'illumina. Ralph, rassuré, commença à explorer. Son regard se posa finalement sur un revolver sur une étagère.

Il resta muet, fasciné, avant de murmurer :

— C'est un vrai ?

— Oui, répondit John. Attention, il est chargé.

Ralph, exalté, tendit la main vers l'arme.

— N'y touche pas ! ordonna John.

Ralph retira sa main, contrarié.

— On s'en va, dit John.

— Pourquoi ? On est bien ici. Il fait frais.

— Mon père va me chercher, et il ne serait pas content qu'on soit ici.

Ralph le suivit à contrecœur, mais ils n'avaient pas fait un pas dehors que John se retrouva face au canon du revolver. Le cri qu'il étouffait jaillit.

Une porte claqua.

— John ? appela son père.

Spontanément, Ralph dissimula l'arme.

— John ? Où es-tu ?

— Vas-y, réponds ! Tu veux qu'il vienne ici ?

Non, John ne le voulait pas. Il tenta d'oublier le revolver volé et répondit :

— Je suis là, papa. On jouait, dit-il en foudroyant Ralph du regard.

— Que fait-on maintenant ? demanda Ralph, provocant.

— Tu vas remettre le revolver là où tu l'as pris.

Ralph soupesa l'arme, pensif.

— John ! appela de nouveau son père.

John se retourna.

— Oui, papa.

— Très bien. Le petit-fils de monsieur Morley est toujours avec toi ?

Ralph cacha le revolver et répondit calmement :

— Oui, monsieur.

— Soyez sages, dit-il en rentrant dans la maison.

— On l'a échappé belle, fit Ralph. Un peu plus, et je descendais ton père.

— Arrête ça ! T'es fou ?

Ralph serra le revolver, et John sentit un frisson de terreur. Dans le regard de Ralph, il lut une farouche détermination. D'un geste rapide, John donna un coup de pied au bras de Ralph, qui laissa tomber l'arme.

— Pourquoi t'as fait ça ?
Tout devenait pesant pour John, y compris Ralph et cet après-midi étouffant.
— Allons remettre le revolver à sa place, dit-il.
— John ? John, vous m'entendez ?
Sorti de son rêve éveillé, John vit le docteur Midland le fixer.
— Je vous l'ai dit, John. Arrêtez de vous reprocher ce qui est arrivé.
Il se leva d'un bond et se précipita vers la porte, qu'il ouvrit à la volée. Déconcertée, le docteur Midland resta figée sur place.

11

L'équipe de la scène de crime n'avait pas encore rendu son rapport, mais nul ne doutait que Molly Roth avait été tuée au cours de la fusillade. Certains pensaient qu'elle avait servi de bouclier pendant que la police tirait. Le pire, c'était qu'ils avaient peut-être raison. Quelle que soit la façon dont elle était morte, elle ne s'était pas rendu compte de ce qui lui arrivait – jusqu'au tout dernier moment, en tout cas.

La journée avait été rude, et il faisait chaud. Assis devant la table de la salle à manger, John griffonnait sur un cahier. Soudain, il déchira une feuille et se leva d'un mouvement si brusque qu'il renversa sa chaise.

Organiser l'enlèvement des affaires personnelles était ce qui lui prenait le plus de temps. Molly avait acquis une garde-robe considérable, qu'il lui fallait trier dans sa totalité. Il rangea la majorité des vêtements dans des sacs en plastique, qui devaient être emportés par une association œuvrant pour les démunis. Puis il sélectionna quelques-uns des objets les plus chéris par sa compagne afin de les offrir à Erin après les funérailles : deux sacs à main en cuir, un collier de perles et un bracelet en argent. Il avait oublié à qui ils avaient appartenu… à sa mère, depuis longtemps disparue.

Une fois toutes ces affaires triées, John tourna son attention vers le courrier, faisant une pile des factures à payer et une autre de la correspondance personnelle, récente ou ancienne. Il jeta la plupart d'entre elles dans le petit feu qu'il avait allumé dans une corbeille en métal. Celle-ci devint bientôt une niche peuplée de cendres en forme d'ailes de chauve-souris : noires et veinées de mots consumés. Il y avait aussi des photographies parmi les feuilles de papier ; la plupart aussi figées que la Sibérie, territoire aride et stérile. Certaines, néanmoins, capturant un instant authentique entre deux poses, semblaient aussi fraîches qu'hier.

Soudain, une voix aiguë s'éleva des images :

— Attends, John ! Je ne suis pas coiffée ! prévint Molly.

— Tu es très bien comme ça.

— Il faut que tu sois sur cette photo ! Demande au monsieur s'il veut bien nous prendre.

Elle portait un blouson léger dont la fermeture à glissière baissée laissait entrevoir une poitrine en forme de poire.

— Écoute ! dit John.

De la musique de cirque émanait d'un manège planté au milieu de la place. Un chien poussa un triple aboiement – waf waf waf – puis se tut. Au loin, une moto faisait un bruit tapageur. À cela s'ajoutait le murmure égal et doux de la brise que Molly aperçut, littéralement visible. Elle caressait les hautes herbes de l'autre côté de la route, créant des ondulations qui s'éloignaient à l'infini…

Un bruit de perceuse fit sortir John de son rêve éveillé.

Il sanglotait en se tenant la tête. Il pouvait à peine supporter de regarder ces photos. Il brûla d'abord celles qui lui faisaient le plus mal. Les images se craquelaient au cœur du foyer, puis viraient au brun et éclataient dans une flamme bleue. Et l'instant disparut, comme tous les instants qui avaient entouré celui où l'appareil photo s'était déclenché, disparu à jamais.

Il jeta un œil à la pendule suspendue au mur.

Bon sang ! Sept heures trente déjà ! pensa-t-il.

Sous les dernières lueurs du jour, assis dans la cuisine, il essuyait ses larmes. À aucun moment il n'avait vraiment éclaté en sanglots. Il s'était juste laissé tomber par terre après d'interminables errements en pensant à Molly, qu'il n'avait pas cessé d'appeler alors qu'elle n'était plus là. Ensuite, ses yeux s'étaient mis à picoter et à larmoyer, et il avait eu un peu de mal à respirer.

En fin de journée, la météo avait prévu un gros orage et de la pluie, mais le coucher de soleil était remarquable ; le ciel, d'un bleu foncé austère, devenait presque noir, tandis qu'à l'ouest, derrière le port, l'horizon s'illuminait sous un rougeoiement infernal de braises mourantes. La lumière fluorescente des enseignes des commerces alignés de l'autre côté de la rue se reflétait sur les mèches brunes de sa coiffure ondulée et sur un bracelet en cuivre, offert par Molly.

Lassé d'être resté enfermé toute la journée, John décida de sortir. Il marchait dans une grande rue sale et sombre. Des journaux déchirés et des mégots traînaient au bord des trottoirs, et un chat noir décharné, presque galeux, s'enfila dans un étroit passage. Lorsqu'il leva la tête pour voir s'il était encore loin du bar au numéro 307, un vent chaud pénétra sa gorge, et il dut respirer vivement pour reprendre son souffle. D'habitude, il allait au State Street Bar. Il n'était pas à sa place dans une rue comme West Holly

Street, sauf comme passant, pour boire un verre. C'était précisément pour cette raison qu'il se trouvait là.

Des gouttes de pluie se mirent à tomber, de grosses gouttes lentes qui roulaient sur la poussière sans crever. Prévenant par nature, il pensa d'abord à sa chemise et à son jean Levi's flambant neufs. Il s'abrita sous un arrêt de bus. Puis la pluie se transforma, et les gouttes se mirent à tomber fines et drues, le genre de pluie qui menaçait de durer.

Il regarda autour de lui. À travers des vitres sales, des enseignes au néon vantant diverses marques de bière brillaient de l'autre côté de la rue. C'était un bar, mais un bar quelconque, avec une enseigne lumineuse portant l'inscription CABIN TAVERN.

Après avoir attendu que la pluie diminue, il traversa la rue en courant jusqu'à la porte d'entrée. Au moment où il entrait dans le bar, le vent lui arracha des mains la porte qui se referma en claquant. Il eut un petit sourire comme pour s'excuser de son intrusion. Personne ne lui rendit son sourire.

Il y avait quatre personnes dans le bar, en comptant le barman, deux hommes et une femme. Plutôt trois garçons et une fille, tous avaient des visages sans rides, à peine plus âgés de vingt ans, malgré leurs yeux de trentenaires avancés.

Des bulles de lumière se poursuivaient inlassablement le long du bord rudement éclairé du juke-box, suivant un rythme sans aucune concordance avec le rock endiablé qui passait. John posa une fesse sur un tabouret puis se tourna vers le barman.

— Une bière, commanda-t-il.
Le barman posa les paumes de ses mains sur le comptoir et demanda :
— Pression ou bouteille ?
— Pression, s'il vous plaît.
— Bud ou Coors ?
— Coors.
La pluie se mit à cingler rageusement contre les vitres. John se jucha un peu plus sur le tabouret. Le jeune homme qui était à sa gauche sentait vaguement la sueur. La fille qui se trouvait à côté de lui releva nonchalamment sa robe et se gratta le genou. Le barman posa bruyamment un verre devant lui et attendit le billet de cinq dollars, lui jetant une pièce de vingt-cinq cents en guise de monnaie.

John tiqua en buvant la première gorgée. Le barman lui avait servi une fin de cuve. La bière, peu pétillante, avait un goût âpre qui lui raclait la gorge, et ses arômes de houblon et de malt lui montaient au nez, lui donnant l'impression d'avoir passé toute une nuit dans un appartement fraîchement repeint.

Le juke-box s'arrêta, et l'un des jeunes hommes se détacha du bar pour y insérer une pièce. Le même morceau repartit, mais personne ne semblait l'écouter.

L'autre jeune dit :
— Je parie que ce gars est un flic, Buzz.
Buzz, celui qui venait de mettre une pièce dans l'appareil, répondit :
— On va très vite le savoir.
Il se dirigea d'un pas lent vers John sans même le regarder. Arrivé à sa hauteur, il le bouscula puis s'assit

lourdement sur le tabouret ainsi libéré. Il commanda une bière. Le barman décrocha un verre et servit la boisson.

Buzz la goûta et dit :

— Non, Ray, ce n'est pas un flic.

Il sourit à l'adresse de John qui faisait mine de ne pas réagir.

— Tu ferais mieux de déguerpir, mec.

John se pencha lentement pour avaler une autre gorgée de bière. Tout le temps qu'il était penché, sa nuque fut parcourue de désagréables démangeaisons dans l'attente d'un coup du lapin ou de la lame aiguisée d'un couteau. Mais il ne se passa rien.

— Ouais, c'est ça. Bois ton verre, fit Buzz. Et après, tu te casses.

La fille partit d'un grand rire.

— Change de place avec moi, Buzz, dit-elle. J'ai envie de m'amuser un peu avec ce beau garçon.

Ray se mit à rire tandis que Buzz voyait rouge, rongé par la jalousie.

— Fais gaffe à toi, mec, dit Ray. Lisa est une vraie aguicheuse.

Elle posa une main sur l'épaule de John et la glissa lentement le long de son bras jusqu'à saisir son poignet. Sa main était plus forte qu'elle ne paraissait ; son teint était bronzé et impur. Elle devait avoir 20 ou 21 ans.

— Comment tu t'appelles ?

— John.

— Tu me paies un verre, John ?

John fit un signe de tête au barman.

— Un Martini blanc, dit-il.

— C'est un très bon choix, fit Lisa.

Elle but une gorgée et lâcha le poignet de John pour poser sa main sur sa cuisse.

— C'est la première fois que tu viens ici ?

— Oui.

— Pourquoi faire ?

— Boire un verre et m'abriter de la pluie.

Lisa éclata de rire.

— Ouais, une sacrée pluie.

Elle lui caressa de nouveau la cuisse.

— Je te plais, John ?

Il ne répondit pas.

— Tu as peur ? Hum ! N'aie pas peur. Je veux juste qu'on s'amuse un peu.

John regarda sa montre et dit :

— Il est tard. Je dois rentrer chez moi.

— Tu ne m'as pas embrassée, John.

— Laisse-le rentrer. Ce n'est pas ton type, d'ailleurs, la piqua Buzz.

Lisa aimait les femmes, mais elle n'en demeurait pas moins une aguicheuse hors pair.

John se dirigea vers la porte, persuadé que ce n'était pas fini, que le cauchemar ne pouvait pas être terminé, qu'un couteau ou une arme allait surgir. Mais la seule chose qui se produisit fut la voix sarcastique de Lisa qui le poursuivit :

— Bonne nuit, John. Passe le bonjour à Erin.

Il tiqua puis referma la porte derrière lui. Une fois dans la rue, il regarda autour de lui. Il n'était qu'à deux ou trois pâtés de maisons de chez lui.

Un peu après minuit, ayant mentalement organisé ses activités du lendemain, John vida le demi-verre de bourbon qu'il avait siroté en rentrant et plongea presque aussitôt dans le sommeil. Il ne rêva pas. Son esprit était clair. Aussi clair que les ténèbres, aussi clair que le vide.

12

Il pleuvait lorsque John se réveilla. Sa première pensée fut :
Où suis-je ?
Sa deuxième fut :
Les funérailles ont-elles lieu aujourd'hui ou demain ?
L'image du corps ensanglanté de Molly traversa brièvement son esprit, et il songea :
Si elle avait su à quoi ressemblerait ce monde, elle se serait débattue pour rester dans le ventre de sa mère.
Il alluma la petite télé posée sur le meuble de la cuisine, zappa sur une chaîne musicale et tomba sur le film *The Rolling Stones Rock and Roll Circus*. John Lennon interprétait *Yer Blues*, accompagné par un supergroupe éphémère baptisé The Dirty Mac, composé de Keith Richards à la basse, Eric Clapton à la guitare et Mitch Mitchell à la batterie.

John aimait ces groupes et ces chansons parce que son père les aimait, mais le contexte émotionnel lui échappait. Il n'écoutait pas en boucle *Let It Grow*, la ballade de Clapton, pour détendre son esprit ou libérer des endorphines. Il n'écoutait pas *Dear Prudence*, la chanson de Lennon, en pensant à une fille solitaire, passionnée de Méditation Transcendantale. John Lennon était déjà mort quand il l'avait entendue pour la première fois. Abattu, comme Molly.

Il ne savait pas, ne s'en souvenait pas. Il savait seulement qu'il avait affronté l'enterrement de son père en restant digne, mais maintenant que la cérémonie de Molly approchait, cette musique le rendait fou de chagrin. Chaque harmonie vocale, chaque accord, chaque note ouvrait une plaie. Plusieurs fois, il s'était levé de la table de la cuisine, où il restait assis devant une tasse de café qui refroidissait. Plusieurs fois, il s'était planté devant la porte de la chambre, respirant profondément, prêt à crier : *Molly ! Pourquoi m'as-tu abandonné ?* Et plusieurs fois, il retournait dans la cuisine.

Quand il se leva pour de bon, il se dirigea vers le tiroir où il rangeait les couteaux et les fourchettes, qu'il ouvrit entièrement. Il fut surpris d'y découvrir un paquet de cigarettes Marlboro Light. Il en restait quatre. Non, cinq : une cigarette se cachait au fond du tiroir. Il n'avait pas fumé depuis la mort de son père. Il avait fait le serment d'arrêter, définitivement. Cependant, au lieu de jeter le paquet, il l'avait fourré dans ce tiroir, comme si une partie de lui-même, obscure et visionnaire, savait qu'il en aurait besoin un jour. Ces cigarettes avaient cinq ans ; elles devaient être complètement sèches. Il en sortit une du paquet, déjà pris par l'envie.

Je ne pourrai jamais m'arrêter, pensa-t-il.

Il se dirigea vers la chambre et tendit l'oreille. *Willie and the Hand Jive* avait cédé la place à *I Shot the Sheriff*. Il imaginait Molly allongée sur le lit, écoutant tout l'album *461 Ocean Boulevard* sans parler. Il traversa le couloir en direction du salon et prit dans un tiroir du buffet un briquet en argent, offert par son père.

Le service commémoratif avait eu lieu à l'auditorium de Whatcom. À sa droite, il y avait Erin et Bob ; à sa gauche, le chef Kelley. De temps en temps, Erin lui prenait la main ou lui tapotait le dos. Ça lui faisait du bien. La salle n'était pas comble ; il y avait surtout des collègues de travail. La cérémonie avait duré près d'une heure trente.

Lewis chanta et joua *Wonderful Tonight* d'Eric Clapton à l'orgue, un morceau qu'il avait répété en l'honneur de Molly. Sans doute la mélodie la plus tendre, la plus poignante que John ait jamais entendue. Erin expliqua que Molly avait été la seule à qui elle avait pu parler avant de faire son coming out. Bob raconta avec humour comment Molly avait essayé de lui apprendre à danser la valse à trois temps. Oubliant un instant sa douleur, John écouta attentivement parce que ces personnes le méritaient.

À un moment, quand tout le monde s'était levé, il remarqua quelque chose qui le surprit. En parcourant des yeux l'océan de têtes connues, il repéra une silhouette coiffée d'un Stetson qui lui cachait pratiquement tout le visage.

Le gars du State Street Bar, songea-t-il.

Il lui sembla bien que c'était l'individu qui l'avait interpellé, la veille de la mort de Molly. Il en était quasiment sûr : même allure, même taille et, malgré le Stetson, le visage blafard qui lui était familier.

Quand tout le monde se rassit, John se sentit vidé. Il prenait conscience que cette souffrance serait permanente, qu'il aurait beau essayer de gagner du temps, de s'agiter dans tous les sens en quête de vérité, cela n'y changerait rien. Sa tristesse serait toujours là, à ses côtés, fidèle compagnon, à la place de Molly.

John n'avait pas flanché jusqu'à ce que le prêtre prît la parole au cimetière. Il commença son sermon en citant le pasteur Martin Luther King :

— Nous devons trouver le pouvoir de l'amour, le pouvoir rédempteur de l'amour. De cette façon, nous pourrons faire du vieux monde un monde nouveau. L'amour est le seul moyen…

Erin lui prit la main.

— Quand l'amour est le chemin emprunté, le dénuement devient secondaire, poursuivit le prêtre… Quand l'amour est la voie, la Terre devient un sanctuaire, conclut-il.

John aurait voulu mourir sur place, pour ne plus ressentir la douleur qui le consumait.

Vivement que ça s'arrête, songea-t-il.

Tout ce qu'il désirait, c'était demeurer seul avec Molly. Il chercha l'individu dans la foule, mais il était parti.

À la fin de la cérémonie, personne ne savait très bien que faire. Tout le monde resta assis, troublé. Puis les gens se levèrent. Erin pleurait et enlaçait John, encore et encore. Il était touché par toutes ces marques de sympathie, mais elles lui faisaient ressentir d'autant plus durement l'absence de Molly. Quelqu'un annonça qu'une collation était servie dans la cafétéria de l'auditorium. L'assistance y afflua lentement.

Erin vit John debout dans un coin, les mains resserrées sur son ventre. Elle se fraya un chemin vers lui. À ce moment-là, il se rappela que c'était grâce à elle qu'il avait fait la connaissance de Molly.

13

Un an plus tôt.

En fin de journée, John gara sa voiture de patrouille sur East Sunset Drive, à proximité du Latitude Kitchen and Bar. En sortant du véhicule, il prit soin de poser d'abord la jambe gauche ; l'autre semblait vouloir le lancer de nouveau. Les comprimés d'antalgiques qu'il avait avalés le matin ne faisaient plus effet. Après quelques semaines de répit, sa blessure se rappelait à lui.

— Bonsoir, John, l'interpella Erin.
— Salut, Erin.
— John, je te présente mon amie, Molly Roth. Molly, je te présente John Snow.
— Enchantée, dit Molly.
— Oui, moi aussi, répondit John, pressé de s'en aller.

Les mots moururent sur ses lèvres ; il venait de se rendre compte qu'il la connaissait sans vraiment la connaître. Elle habitait dans la même rue, mais ils ne s'étaient jamais présentés. Ils échangeaient un bref salut de la tête quand ils se croisaient, et elle lui avait une fois adressé un sourire.

Molly Roth était trop jeune pour être mariée, préférant, pour l'instant, se consacrer à des causes qu'elle jugeait plus importantes. Elle avait des cheveux châtain clair – une coupe un peu courte et assez stricte à son goût –, un regard pétillant et intelligent, et un joli corps qu'elle ne méritait pas, puisqu'elle ne faisait pas de sport.

Surprise par l'attitude de John, Erin regarda Molly, puis courut après lui.
— John ! cria-t-elle.
— Quoi ?
— Où vas-tu ?
— Chez Lenny. Je vais manger une glace.
— Attends ! Molly voudrait faire ta connaissance, mais elle est timide.
Il poussa un soupir.
— Eh bien, quoi ? Elle me connaît maintenant.
— Écoute, John. On pourrait tous sortir ensemble, ce soir.
Il soupira de nouveau.
— C'est gentil, Erin. Mais ne te mêle pas de ça. Je n'ai pas le temps de m'occuper d'une fille.
Le ton rude de ces mots n'avait rien d'encourageant, au point qu'Erin capitula.
— Bon, d'accord, dit-elle.
Leonard Lanski, propriétaire des murs de son Delicatessen, faisait les meilleurs sandwiches au saumon, mais surtout les meilleurs chocolats liégeois de la ville. Il n'y avait aucun client lorsque John entra dans la boutique.
— Bonsoir, John.
— Bonsoir, Lenny.
— Tu veux manger quelque chose ?
— Non, je prendrai juste une glace.
— Un chocolat liégeois ?
John acquiesça d'un hochement de tête, puis s'empara du journal qui traînait sur le comptoir et commença à le lire pensivement.

— Hé, Lenny. Tu as lu l'article sur le match de samedi ? Ça dit : « Paul Rodgers, un nouveau quarterback prometteur. » Qu'en dis-tu ?

— J'en dis que tous les jeunes sportifs sont prometteurs. Il faudrait les attaquer pour rupture de promesses.

— Mets-moi plus de chantilly, tu veux ? réclama John.

— La gourmandise ne remplacera jamais la réussite et le bonheur. C'est un plaisir de manger une glace, mais ça ne t'aidera pas à te réaliser.

John leva les yeux vers Lenny, puis dit :

— Que me chantes-tu là ?

— Oui, je dois avouer que je suis un peu rabat-joie. Je ne suis pas vraiment un philosophe, mais je sais de quoi je parle... À l'université, tous mes professeurs avaient prédit que je réussirais dans la finance.

John secoua la tête.

— Lenny, tu es sûr que ça va ?

— Ça ira mieux quand tu te décideras à inviter cette fille qui t'observe depuis tout à l'heure.

John tourna la tête. L'ombre d'une silhouette venait de disparaître derrière la vitrine. Il fronça les sourcils. Il ne recherchait manifestement pas la compagnie des autres. Il attendit une bonne minute, puis regarda de nouveau. C'était Molly Roth.

Comme rien ne se passait, elle poussa timidement la porte de la boutique. À l'intérieur, l'air était sec et sentait le renfermé. Elle traversa la pièce jusqu'au comptoir.

— Qu'est-ce que je vous sers à boire, mademoiselle ? demanda Lenny.

— Je n'ai pas très soif, monsieur.

— Un sandwich au saumon ?
— Je n'ai pas très faim non plus.
— Que puis-je pour vous, alors ?
Elle tourna les yeux vers John et répondit :
— Je voudrais rentrer chez moi, mais il n'y a pas de bus.
Lenny regarda John à son tour, puis sourit.
— Eh bien, je pense que ce charmant garçon se fera une joie de vous raccompagner. Hein, John ?
John la fixa sans rien dire pendant un long moment, puis déclara d'un léger hochement de tête :
— Oui, bien sûr.
Il se leva, se dirigea vers la porte et la lui ouvrit. Il s'effaça pour la laisser passer et franchit le seuil avec le sentiment de faire un saut dans l'inconnu. Du coup, il fila sans payer.
— Hé, John, c'est deux dollars cinquante ! l'interpella Lenny.
Sans plus réfléchir, John marcha d'un pas rapide pour rejoindre la jeune femme. Sa jambe le faisait encore souffrir.
— Attendez ! cria-t-il. Ne marchez pas si vite. Je vais vous déposer chez vous.
La jeune femme écarquilla les yeux, puis marcha encore plus vite.
— Inutile de vous donner cette peine, dit-elle.
— Il pleut.
— Non, il ne pleut plus.
— Mais ça pourrait recommencer.
Elle devint si pâle qu'il craignit de la voir s'évanouir.
— Allez, venez. Je suis garé juste là.

D'accord.
La voix de la jeune femme se brisa, et un élan de compassion envahit John. Elle avait l'air si vulnérable.
— Vous voulez du chewing-gum ? proposa-t-il.
— Oui, merci.
— Tenez.
— Je vous remercie beaucoup.
— De rien.
Il lui ouvrit la portière de la voiture.
— Je vous en prie, dit-il.
Elle se détendit un peu et ne regrettait pas d'être sortie de sa réserve pour faire connaissance avec ce jeune homme taciturne.
Durant le trajet, ils ne s'étaient pas adressé la parole. Une fois arrivés, elle brisa le silence :
— Voilà. Bonsoir, John.
— Bonsoir, répondit-il.
Elle ouvrit la portière.
— Je vais vous accompagner jusqu'à la porte.
— Vous n'êtes pas obligé, John.
Peut-être avait-elle répondu un peu trop vite, car il haussa les sourcils.
— C'est dangereux, à cette heure-ci.
Elle soupira avant de rétorquer :
— Il n'y a personne, voyons !
Elle inspira à fond, puis déclara :
— Très bien. Allons-y.
Une fois parvenus à la porte, John dit :
— Je vais vous ouvrir.
— Merci. Eh bien, bonne nuit, John.

Il se sentit rougir, mais se força à la regarder droit dans les yeux et répondit :
— Bonne nuit.
Elle fit un pas dans le couloir, puis se retourna en demandant :
— Vous avez l'intention de m'appeler ?
Visiblement désorienté, il rétorqua en avançant timidement :
— Oui, mais je n'ai pas votre numéro.
Elle fouilla dans son sac, sortit son smartphone et dit :
— Vous avez de quoi noter ?
— Je vais l'enregistrer directement, fit-il en sortant le sien.
— Très bien. Vous allez me rappeler ?
— Oui, fit John. Enfin, j'essaierai.
Cette réponse fut accueillie par un hochement de tête presque imperceptible, que la jeune femme interpréta comme un oui.
L'air embarrassé, John ajouta :
— Vous savez, dans mon travail, je n'ai pas tellement le temps de m'occuper des filles.
Le lendemain soir, il l'invita au Pickford Film Center, un cinéma qui diffusait des vieux films depuis une semaine. Lors d'une scène poignante, la jeune femme posa instinctivement sa main sur celle de John. Surpris, il la retira.
En sortant du cinéma, elle était contrariée :
— Tu n'as pas aimé le film ? demanda-t-elle.
— Si. C'est juste que ces histoires d'amour, c'est du bidon...

John s'interrompit, une expression indécise dans le regard, puis reprit :
— Les gars draguent les filles pour se donner de l'importance.
— Et toi, tu fais quoi pour te donner de l'importance ?
Il marcha vers la voiture sans rien dire, et elle le suivit des yeux. Elle remarqua pour la première fois qu'il boitait légèrement. Il s'immobilisa, mais ne se retourna pas, puis répondit :
— Tu veux le savoir ? Viens me voir travailler. C'est là que je me sens vraiment important.
Ces mots furent prononcés d'une voix cassante, et il bondit dans la voiture. Elle y entra à son tour et se laissa aller contre le dossier du siège.
Il y eut un moment de silence.
— Désolé, j'ai eu une dure journée, s'excusa-t-il.
Mais je te promets de me rattraper le week-end prochain. Enfin, si tu veux toujours me revoir.
La jeune femme se dit qu'il avait eu raison de la bousculer. Un peu durement, certes, mais il lui avait ainsi rappelé quelque chose dont elle avait tout intérêt à se souvenir : ils n'étaient pas mariés.
Le cœur battant, elle se pencha vers lui. Leurs regards s'étaient maintenant mêlés et, pendant un moment, ils demeurèrent comme fascinés l'un par l'autre, unis par le fil invisible d'un courant qui les rendait incapables de bouger ou de parler. John s'approcha un peu, puis demanda :
— Ça te dit un pique-nique au bord du lac Padden ?
Elle secoua la tête.

— Je ne sais pas trop.

Ses pensées se noyèrent dans un tourbillon d'incertitudes. Finalement, elle accepta d'un hochement de tête.

Lors de leur rendez-vous au lac, ils étaient plus détendus et avaient mis de côté leurs démons respectifs. Le cœur léger, Molly sortit de l'eau et prit une serviette. Elle commença à se sécher, puis s'arrêta en constatant que John était juste derrière elle. Se retournant, elle serra instinctivement la serviette devant elle.

— Tiens, c'est pour toi, dit-il en lui tendant une rose rouge.

— Merci.

Tout était si calme, si parfaitement immobile. Elle semblait soudain heureuse et ignorait qu'un tel bonheur pouvait exister.

— D'où viens-tu, Molly ?

— Comment ça ?

— Enfin, je veux dire… tu n'es pas d'ici ?

— Non. Je suis née à Des Moines, dans l'Iowa.

— Tu as des parents ?

Elle prit une profonde inspiration, incapable de répondre. Soudain, tout son passé commença à défiler dans son esprit…

Le 19 juillet 1995, par un chaud début d'après-midi, le révérend Milton Fitzgerald, pasteur méthodiste, célébrait un mariage improvisé. Le fiancé, Timothy Roth, avait vingt-trois ans. C'était un beau blond aux yeux bleus, calme et mince. La promise était Melanie Wilson, une brune potelée de dix-neuf ans, timide et rêveuse, au sourire triste. De l'avis général, ces jeunes gens n'avaient pas prévu de se marier cet été-là. Mais les événements s'étaient précipités à la mi-juillet, quand Melanie avait appris qu'elle était enceinte de deux mois. Son père, en bon fermier de l'Iowa, aurait sans doute sorti son fusil si Timothy n'avait agi comme son honneur l'exigeait. Tout était arrivé si vite qu'ils n'avaient pas eu le temps de vraiment faire connaissance.

Le 5 février 1996, Melanie Wilson Roth mit au monde une vigoureuse fille de près de quatre kilos. La nouvelle-née s'appellera Molly Elizabeth Roth, en hommage à deux amies aussi loyales que discrètes, Molly Mendez et Elizabeth Fairchild. Comme Melanie, elles travaillaient à la remarquable bibliothèque du Capitole de l'État de l'Iowa.

Après un an de mariage, Timothy n'était ni chaleureux, ni très affectueux. Peut-être était-ce la faute de ce mariage qu'il n'avait pas réellement désiré. Le contrôle bienveillant mais étouffant que Melanie exerçait sur l'éducation de sa fille révélait sans doute un besoin de compenser le manque d'intérêt de Timothy pour une vie conjugale désormais sans saveur. La distance entre le père et la fille s'accrut à l'automne 2003, lorsque Melanie fut frappée par une maladie que l'on prit d'abord pour une affection virale de l'estomac.

Au cours de l'hiver, rude comme toujours en Iowa, elle perdit rapidement du poids et de vagues douleurs abdominales se doublèrent de nausées intermittentes. Au printemps, le diagnostic d'un cancer avancé de l'utérus fut confirmé. Les rapports entre Molly et son père étaient plus

délicats que jamais. Un soir, il lui avait dit franchement :
« Ta mère ne reviendra jamais à la maison ! » Elle s'était contentée de le regarder fixement.

La lutte de sa mère prit fin le 3 juillet 2004, la veille de la fête de l'Indépendance. Du jour au lendemain, le père de Molly disparut. Et le fait qu'il n'assista pas au service funéraire de sa femme était troublant. Seuls sa belle-famille et une petite fille de huit ans hébétée se tenaient auprès du cercueil…

— Moi aussi, je n'ai pas eu une enfance facile, confia John.

Il se contenta de lui dire qu'il avait perdu ses deux parents. Molly baissa les yeux. Une larme coula sur sa joue.

Il ne quitta pas son visage des yeux. Un joli visage avec une bouche délicate et des lèvres bien dessinées. Il l'embrassa doucement sur le front, puis sur la bouche. Dehors, le paysage ressemblait à un tableau italien. Les branches des arbres étaient immobiles sous le soleil doré. Au loin, on distinguait quelques barques sur le lac. Ils étaient aux anges, et depuis ce jour, ils ne se sont plus quittés.

14

John n'avait pas eu une enfance facile et, durant toute son adolescence, il s'était demandé pourquoi ses parents s'étaient mariés.

Au début, sa mère aimait vraiment son père. Il était doux, affectueux, fiable. Il avait huit ans de plus qu'elle. Lorsqu'elle l'avait rencontré, elle avait craqué dès le premier regard. Dès leur deuxième rendez-vous, Daniel lui avait présenté son meilleur ami, Henry Ford, un haut fonctionnaire de la ville. Ce dernier, séduit, embaucha Kaya à la mairie. Ensuite, ils partirent en vacances ensemble… Henry avait toujours fait partie de leur décor. Quand Daniel épousa Kaya l'année suivante, il avait été son témoin.

Très vite, Kaya éprouva un désir secret pour Henry, mais elle le refoula, car elle savait que c'était un amour impossible. Elle se disait simplement : « J'aime ses yeux, sa bouche » ou encore : « Sa présence est agréable. » Puis elle tomba enceinte. Le couple semblait au comble du bonheur. Mais au bout de quelques semaines, la grossesse s'avéra difficile : anxiété, vertiges, hémorragies. Ils avaient cessé de faire l'amour ; Daniel fut incapable de toucher son épouse.

Kaya devait accoucher en décembre. En août, le couple décida de passer ses vacances à Carmel, en Californie, au sud de la péninsule de Monterey. Comme toujours, Henry était du voyage. Occupé un jour de plus à terminer une mission pour son travail, Daniel suggéra à Henry de partir avec son épouse, cela lui ferait de la compagnie.

Kaya et Henry partirent un vendredi. Ils arrivèrent vers minuit. Il faisait chaud, ils n'avaient même pas branché l'électricité, ils posèrent leurs valises et ouvrirent la grande baie vitrée qui donnait sur la terrasse. Ils étaient côte à côte, la nature bruissait, la mer scintillait sous les étoiles, tout était calme et voluptueux. Ils se regardèrent et leurs visages se rapprochèrent. C'était plus fort qu'un désir : une évidence. Ils firent l'amour sur la terrasse, délicatement, longtemps, en parfaite harmonie, comme s'ils l'avaient déjà fait des dizaines de fois.

Après la naissance de John, la relation entre ses parents se dégrada encore plus. Kaya n'en pouvait plus. Les nuits sans sommeil, la routine éreintante : changer, nourrir, bercer. Elle se sentait à la fois excessivement épuisée et très fébrile. À cran, comme si sa peau était trop tendue ou que son cuir chevelu comprimait son cerveau. Elle se surprenait à tout remarquer, depuis le toucher moelleux de la couverture de John jusqu'au picotement d'aiguilles de la douche brûlante qui flagellait sa poitrine. Pire, elle sentait les ténèbres envahir son esprit. Elle respirait l'odeur écœurante des fleurs fanées dans tous les coins de la maison et redoutait le sommeil, sachant qu'elle se réveillerait en sursaut en entendant la voix de son fils brailler.

Elle dit à Daniel qu'elle avait besoin d'une escapade. Un week-end. Pourquoi pas un hôtel avec un spa où elle pourrait se reposer, se faire servir, reprendre son souffle.

— Repose-toi, chérie. Je comprends, convint Daniel.

Alors, elle alla dans un hôtel cinq étoiles à trois cents dollars la nuit et dépensa l'argent du spa pour s'acheter une robe sexy avec un dos nu qui lui interdisait de porter un soutien-gorge et des talons aiguilles noirs.

Elle avait envie de faire l'amour jusqu'à en oublier son quotidien. Jusqu'à gémir de rage et de désir. Jusqu'à ce que sa tête explose et que les ténèbres finissent par s'en aller. Pour cela, elle avait un partenaire tout désigné en la personne d'Henry. Sans grand tonus musculaire, il se montrait extrêmement reconnaissant et utile à sa manière.

Une fois dans la chambre, elle lui montra ce qu'on pouvait faire en étant menotté à la barre du lit. Quand elle en eut fini avec lui, elle descendit au bar et séduisit un serveur qui lui avait tapé dans l'œil un peu plus tôt dans l'après-midi. Le genre muscles en béton, testostérone en furie et sourire ravi, tellement il n'en revenait pas qu'elle se soit entichée de lui.

Kaya retourna dans la chambre au milieu de la nuit. Elle se brossa les dents, se doucha et s'écroula sur le lit. Henry dormait comme un bébé. Elle dormit sans bouger le petit doigt pendant quatre heures. À son réveil, elle prit encore une douche et se frotta les mains qui sentaient le sperme, la transpiration et le gin tonic. Ensuite, elle se passa de la lotion parfumée à la vanille sur son corps meurtri. Elle enfila un pantalon et une chemise pour aller retrouver Henry dans la salle du petit déjeuner. *Je serai sage*, songea-t-elle. Mais elle savait déjà qu'elle recommencerait.

Ce n'était pas très difficile pour elle de vivre dans le mensonge. Elle salua son amant d'un baiser sur la joue.

Henry lui rendit son baiser en lui demandant poliment si elle avait bien dormi.

— Très bien. Je me sens beaucoup mieux, répondit-elle.

Henry n'ajouta pas un mot. Et Kaya comprit, rien qu'à son regard sombre, qu'il savait exactement ce qu'elle avait fait.

Un mois plus tard, Kaya, avec la complicité d'Henry, projetait de tuer son époux…

Henry était au volant ; Kaya assise à côté de lui. À une cinquantaine de mètres devant eux, la berline BMW, qu'ils ne quittaient pas des yeux, filait à travers la campagne. Le chauffage était en panne. Ni lui ni elle n'avait prononcé un seul mot depuis qu'ils avaient quitté la ville.

— On est encore loin ? demanda-t-il.

— Non, encore cinq kilomètres, répondit-elle, les yeux toujours fixés sur la berline.

Il tourna légèrement la tête pour la regarder. Ses beaux cheveux bruns, attachés par un ruban sur la nuque, étaient en partie cachés par le col de son manteau qu'elle avait remonté pour se protéger du froid. Lorsqu'il fit sa connaissance, elle était encore plus belle ; mais même à ce moment-là, il se sentait remué jusqu'aux entrailles lorsqu'il l'approchait. Il aurait voulu stopper la voiture pour l'agripper dans ses bras et la serrer fort.

— Tu es sûre de vouloir l'éliminer ?

C'était le mois de février ; le froid était intense et une épaisse buée sortit des lèvres d'Henry lorsqu'il parla. Cependant, sous son manteau, il transpirait abondamment. Kaya l'examina un instant, de ses yeux noisette qui semblaient ne jamais cligner.

— On en a déjà parlé.
— Je sais, mais… c'est quand même ton mari. Et mon ami d'enfance, après tout.
— Cesse donc de cogiter. Donne-moi une cigarette.
Elle attendit qu'il lui allume la cigarette avant de reprendre :
— Tu veux vivre avec moi, n'est-ce pas ?
Il fit un signe d'approbation.
— Alors, continue de le suivre et ne t'en fais pas.
Ils poursuivirent leur route en silence. La BMW conservait toujours la même allure. La route montait en serpentant dans les collines. Les maisons qu'ils rencontraient au passage se faisaient plus rares ; des arbres au feuillage persistant cachaient des pans de ciel. Il n'y avait pas d'autres voitures sur la route. Kaya continuait à fumer sans mot dire. Henry l'observait de temps en temps du coin de l'œil, mais ramenait bien vite son regard sur la berline qui les précédait.
— Je ne veux plus le faire, dit-il.
— Comment ça ?
— Je te l'ai dit… Daniel est mon ami d'enfance.
— Quand tu as décidé de coucher avec moi, tu n'y songeais pas. Alors, pas question de changer nos plans.
Au-dessus de leurs têtes, un petit avion volait sans bruit dans le ciel gris. Kaya écrasa sa cigarette dans le cendrier et bougea un peu sur son siège pour suivre du regard la BMW qui venait de disparaître dans un virage. Bientôt, elle put de nouveau la voir.
— Le ravin est de l'autre côté de la vallée. On agira au moment précis où Daniel prendra le tournant.

— Et s'il freine ? s'inquiéta Henry.
— Non ! Il est trop mou pour réagir.
Un peu plus loin, les arbres se faisaient plus rares et le paysage devenait plus uni.
— Nous y sommes presque, dit-elle d'une voix moins assurée.
Pendant qu'elle parlait, la voiture, après un virage, s'engagea sur une longue route plate bordée de champs à droite et à gauche. Au-delà des champs, la masse sombre des collines se dessinait de tous côtés, leurs sommets prenant une teinte mauve dans le lointain. La BMW parut soudain plus petite, et leurs ombres mêmes, qui semblaient courir avec eux, diminuèrent face aux énormes formations rocheuses qui les entouraient, leur bouchant toute vue.
— Je déteste cet endroit, dit Kaya d'un ton apeuré en regardant par la fenêtre le paysage désolé.
— Moi aussi, confia Henry.
— On se sent comme coupé du reste du monde, ajouta-t-elle. Daniel a toujours aimé ce coin. Et c'est ici que ses parents vivaient.
La berline devant eux dut ralentir pour suivre les sinuosités de la route. Autour d'eux, tout était silencieux ; même le bruit du moteur semblait plus faible et lointain. Henry ralentissait également, pour maintenir la même distance avec la BMW, qu'il ne quittait pas des yeux.
Bientôt, ce sera fini, pensa-t-il avec soulagement.
— … TU AIMES CE PAYSAGE ?
— Tu as dit quoi ? demanda Kaya.
— Moi ? Je n'ai rien dit.

Henry haussa les épaules et la regarda comme si elle devenait folle. Puis :

— ... MA RETRAITE ICI, LOIN DE LA POLLUTION ET DE LA VILLE.

Cette fois, la voix était nette et précise.

— C'est la voix de Daniel, dit Kaya.

— Quoi ? Tu es folle ! protesta Henry.

— Je te dis que j'ai entendu sa voix.

— Mais comment aurais-tu pu l'entendre ? Sa voiture roule à plus de cent mètres devant nous. Kaya semblait troublée. Elle s'apprêtait à parler de nouveau quand une autre voix retentit à son oreille.

— TU COMMETS UNE GRAVE ERREUR, KAYA.

— Belle-maman ! C'est vous ?

— Qu'est-ce qui t'arrive enfin ? demanda Henry.

— Je t'avais bien dit que je détestais cet endroit.

— On va faire demi-tour et filer au plus vite.

— Non, non ! Pas si près du but.

La berline accéléra, mais à mesure qu'Henry augmentait la vitesse pour la rattraper, les voix de Daniel et de sa mère parvenaient à Kaya de plus en plus clairement, comme des cendres en suspens dans l'air.

— Tu as raison. On abandonne ! dit-elle.

La BMW grimpait désormais le long de la colline et disparut au prochain virage.

15

Une semaine après le braquage de la Wells Fargo Bank.

L'enquête n'avançait pas. Kelley obligea John à prendre un congé sabbatique, car il était devenu violent dans son travail. Ce dernier donna tout ce qu'il avait lors de son jogging matinal. Il parcourait le tour du lac Padden et remontait une côte si raide que l'exercice relevait davantage de l'escalade que de la course. Il courut à en perdre haleine, jusqu'au moment où le ciel se mit à tournoyer, comme le toit d'un manège. Quand il marqua enfin une pause, un vertige le saisit. Le souffle du vent refroidissait sa sueur d'une manière étrangement agréable. Il y avait même quelque chose d'excitant à ressentir le vertige, à frôler l'épuisement et la perte de connaissance.

Son passage dans l'armée lui avait appris à apprécier cet état précédant le malaise : le ciel devenait immense, les sons se dissipaient, les couleurs prenaient un éclat presque hallucinant. Toutes les sensations étaient décuplées quand on poussait son corps dans ses retranchements, testant les limites de son endurance et luttant pour chaque souffle.

Parvenu au sommet de la côte, il sortit de son sac à dos une petite bouteille d'eau, en avala une grande gorgée, s'aspergea le visage, s'essuya les yeux avec le bas de son T-shirt, rangea la bouteille et reprit sa course vers la voiture.

Une fois chez lui, John ne remarqua pas tout de suite l'enveloppe posée sur le meuble de l'entrée, pas avant d'avoir feuilleté les factures reçues la veille. Il la fixa un instant, perplexe, se demandant qui avait bien pu la glisser dans sa boîte aux lettres. Sa silhouette dans l'entrée se dessinait en ombre chinoise, ajustée dans un rectangle aux contours nets. Il déchira l'enveloppe, dont le rabat n'était pas collé, en sortit une feuille de papier, la déplia et lut :

Les braqueurs ont pris une chambre au Green Tree Inn, à Flagstaff, Arizona. Ritter.

Ritter était flic, comme lui ; John l'avait connu à l'armée. Il songea à appeler Kelley, mais se ravisa. En tant que substitut, il connaissait son mode de pensée. Et s'il prévenait son chef, il ignorait dans quoi il s'embarquait.

Il plia la feuille en quatre, s'avança jusqu'à la fenêtre, et observa les voitures, les passants. La rue était calme. Même les arbres semblaient immobiles, comme si la ville entière retenait son souffle, attendant la suite des événements. Il rangea la feuille dans un tiroir et sortit son arme. Assis sur le canapé, il la démonta et la réassembla en dix secondes. Enfin, il la replaça dans son étui et s'allongea, les yeux rivés au plafond.

Deux heures plus tard, John venait de quitter une section d'autoroute à quatre voies ; désormais, il roulait sur une route à deux voies traversant de petites localités en direction de l'Oregon. Déterminé à arriver à Salem, une ville où il s'arrêtait d'habitude pour déjeuner entre Bellingham et Sacramento, il ne tint pas compte de la limitation de vitesse et appuya sur l'accélérateur de sa

Honda Integra de 1990. À côté de lui, Erin sortit une bouteille d'eau et en versa dans un gobelet en plastique.
— Tu en veux ? demanda-t-elle.
— Non, merci, Erin. Je n'ai pas soif.
Elle rit.
— Ça fait presque deux heures que tu conduis. Tu n'as bu qu'un café !
— Oui. Et c'est le même café qu'ils servent toute la journée, légèrement réchauffé.
Elle rit de nouveau.
— Tu l'as dit ! Toutes les cafétérias le long de la route dans ces petites villes servent le même mauvais café.
John, concentré sur la route, tourna les yeux vers elle et répondit avec nonchalance :
— Je faisais juste marcher Kelley. Et puis tu n'es pas la mieux placée pour me faire une leçon sur la vengeance.
Erin, un peu piquée, demanda :
— Pourquoi ?
John la fixa d'un regard inquisiteur et dit :
— Il fut un temps où tu m'avais proposé de t'aider dans la tienne.
Erin rougit.
— C'est différent.
— Pourquoi ça ?
Après un court instant de réflexion, elle répondit d'un ton ferme, bien que légèrement pâle :
— Parce que je contrôle la situation.
— Vraiment ?
Elle esquissa un geste pour masquer son malaise et dit :
— C'est sûrement cette route que les braqueurs ont

prise. Étrange que la patrouille d'autoroute n'ait pas retrouvé leur 4x4.

John tendit la main, un peu nerveux.

— Ils ont peut-être fait un détour.

Il marqua une pause, puis demanda :

— Que veux-tu dire par « contrôler la situation » ?

Erin secoua la tête et répondit :

— Quand le moment sera venu, je t'empêcherai de faire une bêtise. Par tous les moyens. Ils seront jugés par un tribunal.

— Tu y crois vraiment ?

— Oui.

— Sérieusement ?

Elle hocha la tête avec détermination.

— Eh bien, tu te trompes, dit-il. J'étais sérieux.

Il la dévisagea et rétorqua :

— Tu sais très bien que ça se passera différemment. Ces hommes sont à moi. Je vais me venger.

Erin sembla consternée.

— Le moment venu, tu verras que la violence n'est pas la solution.

John secoua la tête, sceptique.

— Le moment venu, je n'hésiterai pas une seconde.

Elle hésita avant de répondre :

— La vengeance est un acte illégal, John. Tu devrais le comprendre.

— J'ai la justice de mon côté et toi, tu me fais la morale.

Erin baissa la tête. John la regarda, embarrassé, puis, changeant de sujet, demanda :

— Rappelle-moi le nom du patelin où vivent tes parents.

— Willamina. À Salem, tu prendras la nationale 22 vers Rickreall et Midway.

John regarda sa montre.

— On devrait y être avant midi, mais il faudra s'arrêter pour l'essence.

— Parfait ! Ils mangent à cette heure-là.

Arrivé à Salem, John tourna en direction de Rickreall. Un panneau indiquait : « Willamina 28 miles ». Ils traversèrent un pont ; un autre panneau signala la limitation de vitesse à 65 miles à l'heure. John roulait à plus de 80 quand une voiture de police apparut dans le rétroviseur, lui faisant signe de se ranger.

— Désolé, Erin. Ça va nous retarder d'au moins une demi-heure, dit-il en se garant sur le bas-côté.

Il coupa le moteur et attendit.

Deux agents sortirent. L'un, grand et maigre, s'avança avec une assurance arrogante qui rappelait un officier.

— Permis de conduire, monsieur ? demanda l'agent.

John tendit son permis. L'agent l'examina brièvement et le lui rendit.

Le second agent s'approcha et, d'un ton jovial, dit :

— Eh bien, qu'avons-nous là, Speed ?

— Une drôle d'affaire, Sherwood.

Après avoir vérifié dans l'ordinateur de bord, Sherwood revint avec un air sombre.

— Vous roulez en voiture volée, annonça-t-il.

— Une voiture volée ? s'exclama John, incrédule. C'était la voiture de mon oncle.

Erin, indignée, dit :

— C'est absurde. Nous sommes policiers, laissez-nous partir.

Sherwood haussa les sourcils, sceptique.

— Montrez-nous le titre de propriété.

Exaspéré, John répliqua :

— Qui emporte ce genre de document avec soi ?

— Dommage, commenta Sherwood.

— Combien pour nous laisser partir ? lança John.

Sherwood, avec un sourire froid, répliqua :

— Ça ressemble à un pot-de-vin. Vous ne voulez pas finir en prison ?

John sentit sa patience s'effriter. En sortant du véhicule, il tira sur l'épaule de Sherwood et menaça Speed.

— Qui êtes-vous ? demanda-t-il.

Effrayé, Speed répondit :

— Nous volons des voitures pour les revendre… Nous avions besoin de votre Honda.

Sous la surveillance d'Erin, John les ligota à un arbre et les abandonna en pleine campagne.

16

Après avoir déposé Erin chez ses parents, John reprit la route.

En milieu d'après-midi, sous une pluie battante, sa Honda tomba en panne entre Roseburg et Winston, dans l'Oregon. On aurait dit que la malchance ne le lâchait pas. Il se mit en marche à la recherche d'une station-service ou d'un garage. Le vent soufflait dans son dos, glissant dans le creux de ses reins comme une caresse. L'air, purifié par la tempête, était vivifiant. La grande route de la vallée s'étendait, mouillée et déserte, entourée de dunes basses, trop modestes pour des montagnes, mais trop vallonnées pour un désert plat.

Une heure plus tard, la pluie s'était arrêtée. John se tenait à l'arrière d'un camion, accoudé au toit de la cabine. Le vent lui fouettait le visage, ses mèches brunes dansant autour de son front, jusqu'à engourdir sa peau sous des milliers de petites piqûres. Les deux hommes du camion l'avaient regardé avec compassion en s'arrêtant pour le prendre et l'emmener jusqu'à Montague, en Californie. John avait remarqué leurs yeux, mais son esprit restait engourdi.

Les jambes écartées pour garder l'équilibre, il se balançait au rythme du camion, fixant la fine bande noire de la route qui défilait sous les roues, serpentant, montant et descendant comme un chemin de montagne. Depuis la cabine, il entendit une phrase lancée dans la conversation étouffée par les vibrations du camion et le souffle du vent dans ses oreilles.

Un klaxon retentit derrière eux, et John fit signe de la main pour indiquer que la route était libre devant le camion. La voiture accéléra en dépassant avec assurance, le conducteur lançant un coup d'œil vers lui. Son esprit engourdi enregistra pourtant le détail : MERCURY COMET 64. John faisait toujours un point d'honneur de reconnaître les marques et modèles de voitures. Cette habitude lui avait bien servi lorsqu'il travaillait comme agent de police, où il avait finalement contribué à démanteler un réseau de trafiquants de voitures anciennes.

Appuyé contre la cabine du camion, il suivait les oscillations du véhicule, enveloppé par le vent de plus en plus froid. Il observait sans vraiment voir, tandis que le camion penchait tantôt à droite, tantôt à gauche dans les virages. Il n'avait pas besoin de se concentrer sur la route : c'était comme s'il la connaissait intimement. Dans sa colère et son chagrin, ce chemin sinueux lui apparaissait presque comme un vieil ami.

Il ne tourna la tête que lorsqu'un autre klaxon se fit entendre. Un 4x4 rouge vif, arborant l'inscription STATION SERVICE SCOTT sur le pare-brise, suivait de près. Le conducteur le regarda avant de tenter d'apercevoir la route au-delà du camion. Sans se retourner, John lui fit signe de patienter, de ne pas dépasser. Un véhicule arrivait en sens inverse à vive allure. Le 4x4 patienta, puis, suivant le signal de John, se lança avec assurance vers la gauche, prenant le milieu de la route. John lui fit signe de se rabattre sur la droite alors qu'un autre 4x4 arrivait en face.

Dans le virage en lacet qui suivit, à droite, puis à gauche, avant de remonter au centre, le camion suivait sa trajectoire, suivi de près par le 4x4 rouge dont le pot d'échappement pétarada brièvement, un son caractéristique. Les yeux du conducteur étaient fixés sur John, et un instant, ils se regardèrent intensément, comme fascinés par le vent et la vitesse.

Bon sang ! Ce visage... je le connais, songea John.

Dans le virage, il changea de position pour garder l'équilibre, face au vent. Il sentit la pression du plancher sous ses pieds dans la montée et fit signe au 4x4 d'attendre encore, d'un geste assuré de la main gauche. Le conducteur, impatient, enfonça l'accélérateur, et le 4x4 bondit vers la gauche. Le bruit de la collision des deux véhicules couvrit celui du vent. Le camion freina brusquement. John et les deux hommes en descendirent et coururent vers les 4x4 accidentés. Le silence qui suivit était total, presque reposant, en contraste avec le vacarme de la collision. Les hommes, d'abord bruyants, baissèrent instinctivement le ton, comme par respect :

— Scott et Gilmour, et de plein fouet, dit l'un.

— Ouais... dire qu'ils ne pouvaient pas se supporter, ajouta l'autre.

John, traînant des pieds, observait une roue qui tournait encore, de plus en plus lentement.

— Je le savais bien, qu'il finirait par leur arriver quelque chose, dit l'un des hommes.

— Ouais, ils conduisaient comme des fous, confirma l'autre.

Après quelques minutes, celui qui avait parlé en premier ajouta :
— Bon, il faut prévenir le shérif.
— T'as raison, on n'peut plus rien faire ici, répondit l'autre.
Il se tourna vers John et demanda, d'un ton un peu brusque :
— J'avais presque oublié que t'étais là. Ça va, t'as rien ?
John fit non de la tête.
— Tu viens avec nous ?
John, encore un peu sonné, répondit :
— Non, je préfère marcher. J'ai besoin de me dégourdir les jambes. Et puis, Montague est à quelques kilomètres à peine.
— Avec un peu de chance, quelqu'un t'y emmènera.
— Oui. Merci, et bonne route.
Les deux hommes remontèrent dans la cabine et le camion reprit la route.

17

À Montague, John fut pris en stop par un ambulancier qui transportait une vieille dame jusqu'à O'Brien. Puis, il continua à pied.

Au crépuscule, il distinguait par moments la route qui brillait devant lui comme une succession de feuilles d'étain aplaties, avant de la perdre de vue. Il marcha longtemps sans jamais atteindre ce point qu'il fixait depuis si longtemps. Il était trop impatient pour rester là à attendre une voiture, trop nerveux pour s'asseoir et se reposer. Il parcourut une dizaine de kilomètres avant de tomber sur une pancarte indiquant : BIENVENUE À MOUNTAIN GATE.

Il emprunta un chemin de terre qui formait un long virage trompeur. Soudain, figé par l'angoisse, il perçut un bruit. Il s'arrêta, et le visage de son angoisse émergea des profondeurs de la nuit, flottant jusqu'à lui pour le fixer.

C'était le visage de Molly ! Un visage légèrement enflé, ses paupières clignant pour révéler des yeux d'un blanc délavé, privés d'iris, comme si elle flottait encore entre la vie et la mort. Sa bouche s'ouvrit, tentant en vain de former des mots. Derrière elle, l'obscurité s'étendait, silencieuse, excepté le craquement lointain de bois en train de brûler. À travers ses larmes, John essayait de discerner ses yeux clignotants. Il ferma les yeux, sachant que, lorsqu'il les rouvrirait, elle aurait disparu.

— Molly, je sais que tu es là. Et moi aussi, je suis toujours là. Mais tu le sais sans doute déjà. C'est toujours aussi dur qu'avant, murmura-t-il.

Elle s'approcha de lui.

— Tu es partie sans me dire au revoir, mais le soleil continue de se lever, les jours de passer, la terre de tourner, le temps de s'écouler, poursuivit-il.

Il marqua une pause, les yeux scintillants de tristesse.

— Une semaine déjà que tu n'es plus là. Et moi, j'essaie de donner un sens à tout ça. J'essaie de trouver ma place, de regarder droit devant vers un avenir meilleur. Mais, en fait, le chemin devant moi ne fait que s'assombrir.

Elle le fixait sans dire un mot.

— C'est de plus en plus difficile de garder espoir. Je me sens tellement perdu, seul, désespéré, que j'attends un signe, n'importe quoi qui pourrait m'indiquer la voie.

Elle lui sourit, révélant des dents parfaites, blanches.

— Depuis ton départ, dans l'obscurité, il y a parfois des éclats de lumière. Une faible lueur...

Il s'arrêta de parler. Elle avait disparu.

— Molly ? appela-t-il, sortant de son rêve éveillé.

Il se dirigea rapidement vers une cabane. Le vent soufflait fort, ce qu'il ne manqua pas de remarquer en poussant la porte.

Deux hommes étaient assis près de la cheminée.

— Désolé de faire irruption comme ça, mais j'ai vu de la lumière et de la fumée.

— C'est quoi, ça ? brailla l'un d'eux, avec un gros pansement sur le ventre.

— Du calme, Sisk. Il est juste venu s'abriter de la pluie, répliqua l'autre.

John tiqua en entendant son nom, puis referma la porte. En se retournant, il constata que la cabane était vieille et délabrée.

— Moi, c'est Conrad. Installez-vous, je vous en prie.

— Merci, dit John.

Il jeta un œil vers la cafetière, et Conrad lui tendit une tasse.

— Servez-vous.

Conrad s'exprimait avec une élégance un peu forcée, surprenante compte tenu de son allure patibulaire. Ses cheveux étaient d'un blond terne, et la peau de son front, d'un blanc livide, contrastait fortement avec son visage rougeaud.

— Ce n'est pas une nuit pour traîner dehors. Vous avez dû marcher un bon moment ? demanda-t-il.

— Oui, assez longtemps, répondit John.

Son regard quitta un instant le visage des deux hommes pour examiner rapidement la pièce. Elle était sens dessus dessous, des journaux entassés un peu partout, ajoutant une note angoissante au désordre ambiant. Une pile de vaisselle sale, des canettes de bière et des cartons de pizza à emporter traînaient un peu partout.

— Vous n'avez pas de voiture ? demanda Conrad.

— Je n'en ai plus.

Les deux hommes le dévisagèrent froidement.

John haussa les épaules. Il sentait qu'ils ne le croyaient pas, mais ne s'en formalisa pas. Il les observa tranquillement en terminant son café.

— Comment vous êtes-vous fait ça ? demanda-t-il à Sisk, en désignant son pansement.

Gêné, Sisk répondit vaguement :

— Un accident de chasse.

Conrad coupa court à la conversation.

— Qu'est-il arrivé à votre voiture ?

— Le moteur a lâché.

— Où ça ?

— Au nord, un peu avant Winston.

Sisk le fixa d'un regard appuyé et dit :

— On ne s'est pas déjà vu quelque part ?

John fit mine de ne pas entendre.

Il se leva et examina un cadre doré accroché au mur, au-dessus de la cheminée. Il se pencha pour observer la photographie qu'il contenait : le visage d'une jeune femme aux yeux verts, les cheveux châtains tombant en cascade sur ses épaules. Il se perdit un instant dans ses pensées, puis releva la tête, comme s'il venait d'entendre la question qu'on lui avait posée.

— Vous êtes déjà venu à Bellingham ? demanda John à son tour.

— Non, répondit Sisk.

John s'immobilisa, son bras effleurant le cadre.

— Je viens de là-bas.

Sisk secoua la tête et but une gorgée de café, comme pour éviter son regard.

— J'ai entendu dire qu'il y avait eu un braquage là-bas, dit-il.

John répondit prudemment :

— Oui, j'en ai entendu parler.

À présent, Conrad semblait tendu.
— La pluie semble se calmer. On ferait mieux de partir, Sisk.
— Pourquoi êtes-vous si pressés ? lança John. Il n'y a rien d'ouvert à des kilomètres à la ronde.

La conversation devenait tendue. Conrad se rapprocha de la fenêtre et regarda au-dehors. Il pleuvait encore.

Sisk se resservit du café, visiblement nerveux ; son visage avait perdu toute couleur, et son cou ruisselait de sueur. Après avoir pris une longue gorgée, il parut se calmer. Il resta immobile quelques secondes, puis demanda, les yeux à demi-clos :
— Ce braquage… Ils ont attrapé ceux qui ont fait ça ?

John le fixa d'un regard perçant avant de répondre :
— Oui. Deux d'entre eux.

Sisk comprit aussitôt l'allusion. Il lâcha sa tasse pour dégainer une arme. Deux coups de feu déchirèrent la nuit.

18

La première voiture que John trouva devant la cabane appartenait aux deux hommes qu'il venait d'éliminer : une Lexus LS 400, volée par Conrad à Montague. Il rejoignit l'Interstate 5 en direction de Sacramento. Au-dessus de lui, un croissant de lune apparaissait par intermittence entre les nuages. Il roulait toutes vitres baissées, car il ne supportait pas la climatisation. La moiteur de cette fin d'été commençait à l'engourdir.

Au bout d'une heure, il réalisa que le réservoir d'essence était presque vide. Il quitta l'autoroute à Richfield, traversant une ville silencieuse où seul un feu orange clignotait à l'intersection de la State Highway 99 West et de Sonoma Avenue. Il roula le long de la rue principale à 50 miles à l'heure, sans trouver de station-service ouverte.

Hors de la ville, sur la State Highway 99, il accéléra un peu dans la nuit noire au milieu des champs. Soudain, une explosion sourde retentit : le pneu avant droit venait de crever. Il écrasa la pédale de frein et s'agrippa au volant pour contrôler le véhicule, mais la Lexus bascula dans le fossé, rebondissant lourdement sur elle-même.

La collision le pressa contre sa ceinture de sécurité, et le dernier son qu'il perçut fut le cliquetis de son clignotant. Le véhicule s'était immobilisé dans un ravin inondé par la pluie. Le capot avant était ouvert, laissant s'échapper des nuages de vapeur du radiateur fissuré, se fondant dans la brume.

Un instant, John eut peur : aucune sensation ne remontait de ses jambes coincées sous le tableau de bord. Il voulut lever sa main gauche, mais son bras refusa de bouger. En tentant de soulever la tête, un picotement parcourut ses mains et avant-bras. Il essaya de nouveau de lever la main, qui trembla mais ne parvint pas à se soulever de son genou. Une douleur sourde montait de ses pieds, suivie d'éclairs et de fourmillements dans les jambes.

Les premières lueurs du jour apparurent, une ligne orange se dessinant à l'horizon, à l'est. Il tenta une nouvelle fois de bouger sa main gauche et réussit à la lever de quelques centimètres avant qu'elle ne retombe. Un rayon de soleil le frappa au visage, et il ferma les yeux. Quand il les rouvrit, il essaya encore de lever la main. Elle se souleva et trembla. Ses yeux perdirent leur éclat, fixant, sans le voir, le jour naissant au-dessus des champs californiens.

Par un miracle de volonté, il sentit son corps se ranimer. Il parvint à détacher sa ceinture, à relever le tableau de bord et à libérer ses jambes d'un mouvement brusque. Bien que la portière côté conducteur fût déformée, il réussit à l'ouvrir en poussant de toutes ses forces. Sortant du véhicule, il sentit une tension dans sa nuque et recula, vacillant. Des oiseaux s'envolèrent lorsque la portière claqua derrière lui.

Il longea la route, apercevant au loin une voiture arrêtée sur le bas-côté. Un homme et une femme agitaient les bras, comme pour l'interpeller. Il fronça les sourcils, pressant le pas sans prêter attention au paysage autour de lui. Il soupira, le regard perdu vers l'horizon déjà chauffé par le soleil. En arrivant près de la voiture – une Chrysler en mauvais état –, il observa le jeune couple, d'à peine une trentaine d'années, qui l'attendait.

— Dure nuit ! lança-t-il.
— Oui, on peut dire ça ! répliqua la jeune femme.

John hocha la tête.

— Vous avez besoin d'un coup de main ?
— Un bon coup de main, oui, dit l'homme. Nos roues se sont embourbées. Impossible de bouger la voiture.
— Je vois ça, acquiesça John.
— Ah, moi, c'est Lester Grant, et voici Maggie, ma femme, ajouta le jeune homme.

John dévisagea la jeune femme, dont le regard s'illuminait à sa vue.

Lester inspira profondément pour se donner du courage, puis demanda :

— Eh bien, on devrait pouvoir la sortir de là, monsieur… ?
— Snow. John Snow.

Lester s'avança pour lui serrer la main.

— Le soleil va bientôt sécher cette boue, fit remarquer John.
— Ce n'est pas vraiment une bonne nouvelle, reconnut Lester.
— Non, ça va durcir comme de la pierre.

Lester s'immobilisa, une main sur la portière, puis tendit les clés à John.

— Vous voyez, monsieur Snow, tout ce que j'ai est dans cette voiture. Je vous serais reconnaissant si vous pouviez l'en sortir.

— Non, prenez plutôt le volant vous-même.
— Comment ça ?
— Mettez-vous au volant. Je vous dirai quand accélérer.

John trouva deux planches en bois sur le bas-côté et les glissa sous les roues.

— Prêt, monsieur Grant ?
— Oui.
— Accélérez !

Le moteur rugit, et la voiture s'extirpa enfin de la boue.

— Voilà la meilleure façon de sortir une voiture de la boue ! s'exclama Lester.

John s'essuya les mains, appuyé contre la voiture. Maggie le fixait, fascinée par ses yeux noisette et ses longs cils qu'elle n'avait jamais vus chez un homme.

— Il vaudrait mieux trouver un endroit pour laver la voiture avant que la boue ne sèche, fit remarquer John.

— Oui, merci encore pour votre aide, monsieur Snow, dit Lester. On vous doit une fière chandelle, n'est-ce pas, Maggie ?

— Content d'avoir pu vous aider. Bonne route, dit John en s'apprêtant à partir.

Maggie regarda son mari, qui s'éclaircit la gorge.

— Attendez, monsieur Snow ! l'interpella Lester.

John se retourna.

— Excusez-moi, mais… enfin, il y a encore beaucoup de routes inondées jusqu'à Sacramento. On pourrait s'y retrouver coincés.

John regarda autour de lui, incertain.

— Ce serait rassurant si vous faisiez un bout de chemin avec nous, ajouta Lester.

— Je me dirige vers le Texas, prévint John.
— Parfait, nous aussi ! On dirait qu'on a trouvé de la compagnie, Maggie, dit Lester en souriant.
Les yeux brillants, elle hocha la tête.
— Très bien, fit John, souriant. Ça me va de faire un bout de route avec vous.

19

Le jeune couple et John roulèrent pendant une bonne heure avant de trouver une station-service ouverte. Ils firent une halte à Woodland, une petite ville au nord de Sacramento, dont les origines remontent à 1850, année où la Californie devint un État et le comté de Yolo fut créé. Depuis, la ville n'avait cessé de croître en population et en ressources. L'ajout d'une ligne de chemin de fer, la proximité de Sacramento, et plus récemment l'Interstate 5, avaient contribué à en faire un endroit prospère.

En sortant du véhicule, John observa les alentours. Au cours de la dernière décennie, Woodland avait beaucoup évolué, et la communauté avait accueilli de nombreux ajouts. De nombreux lotissements avaient vu le jour, principalement à l'est de la ville, et plusieurs grandes chaînes de magasins avaient ouvert leurs portes. Main Street avait connu un renouveau, avec de nouveaux restaurants, un tout nouveau palais de justice, l'expansion de l'Old State Theater en un multiplex de dix salles, ainsi que des projets de construction pour un hôtel et une salle de concert.

— Monsieur Snow ? l'interpella Maggie.
— Madame.
— Je voulais juste vous dire combien ça me rassure que vous voyagiez avec nous.
— Tant mieux, répondit John. Si je peux vous être utile.
Elle fit un pas vers lui.

— Oh, vous pouvez l'être ! Ce n'est pas notre premier souci : on a déjà crevé un pneu, eu une panne de radiateur... et Dieu sait où on en serait si on ne vous avait pas rencontré.

John pinça les lèvres, un peu gêné, et une légère rougeur teinta ses joues bronzées.

— Vous savez, nous venons du Canada, reprit-elle.

— Je m'en doutais un peu, confirma John.

— Eh bien, je voulais juste vous dire que je suis contente que vous soyez avec nous.

Un silence s'installa. Maggie baissa la tête et passa les doigts dans ses cheveux clairs et soyeux. À ce moment, Lester sortit de la boutique, l'air rayonnant.

— Ils ont des toilettes avec des douches, Maggie. Vas-y, je vais laver la voiture en attendant.

La station possédait également une cafétéria, un garage, et un lavage haute pression en libre-service.

— Je vais prendre un café. Vous en voulez un ? proposa Lester en s'adressant à John.

— Volontiers.

John se retourna et aperçut soudain, du coin de l'œil, un individu au loin dans le parking, qui semblait l'épier. Il portait un long imperméable.

Ce n'est pas possible ! pensa-t-il.

Un camion passa, et une seconde plus tard, l'individu avait disparu.

— Je vais me rincer les mains et le visage, prévint John.

Arrivé aux toilettes pour hommes, il s'arrêta net en voyant la porte s'ouvrir brusquement. Un homme de grande taille, avec un tatouage au cou, en sortit. Sans doute un routier.

— Désolé, ça empeste là-dedans, dit-il en repoussant la porte, indifférent à l'air ahuri de John.

Ce dernier entra, fronçant les sourcils : une odeur nauséabonde lui agressa la gorge, au point d'irriter les parois de son estomac vide.

Trois minutes plus tard, il était de retour.

— Tenez, dit Lester en lui tendant un gobelet de café.

— Merci, monsieur Grant.

— Appelez-moi Lester.

— D'accord.

Lester but une gorgée, puis confia :

— Je n'oublierai jamais le regard de Maggie quand je lui ai parlé de mon projet. Elle a dû me prendre pour un fou : « On ne va pas partir de Vancouver aux États-Unis avec cette vieille Chrysler ! » m'a-t-elle dit.

Il saisit le jet d'eau et ajouta :

— Elle n'a pas essayé de m'arrêter, ça non. Maggie est comme ça. Bien sûr, c'est risqué de tout quitter, mais j'aime ça, le risque.

John fit une petite moue indéchiffrable.

— Peut-être que c'est pour ça que je n'ai jamais gardé un boulot stable. Maintenant, tout va être différent... enfin, si jamais on y arrive. C'est plus difficile que je ne l'avais imaginé. On m'a dit qu'au Texas, il n'y avait pas de limite pour un aventurier.

John tourna la tête en voyant Maggie revenir.

— Vous en avez déjà entendu parler, John ? demanda Lester.

— De quoi ?

— Du Texas, précisa Lester en coupant le jet d'eau.

— Un peu… Il faudrait continuer à laver la voiture, il reste encore des traces de boue.

Il jeta un regard vers Maggie, qui se brossait les cheveux. Sa beauté la rendait difficile à ignorer, avec ses yeux d'un vert émeraude rare et ses cheveux blonds et lisses.

— Maggie pensait que je n'arriverais jamais à me débrouiller pour traverser ce pays, poursuivit Lester. Il y a un mois, on était presque sans argent. J'ai dû accepter un petit boulot à Bellingham.

John haussa un sourcil.

— Mais le Texas, c'est là qu'on va.

— Vous pensez y arriver en traversant le désert d'Arizona ? demanda John.

— J'ai prévu de bifurquer vers l'est pour atteindre Albuquerque. C'est la route qu'on m'a conseillée à Bellingham.

John hocha la tête d'un air pensif.

— Là, c'est propre ? demanda Lester.

John, plongé dans ses pensées, sembla hésiter.

— John, c'est bon ?

— Oui, parfait.

— Bien, on peut donc reprendre la route.

— Il y a environ seize heures de route, précisa John. On fera une pause à mi-chemin pour manger.

— D'accord, convint Lester. Maggie, il faut qu'on se dépêche. Il est temps de partir.

20

Entre Sacramento et Fresno, le voyage fut loin d'être tranquille. Des rafales déferlaient en longs bruissements graves, s'engouffrant par vagues sous le capot de la Chrysler. Des chansons passaient en boucle à la radio, et de temps à autre, John en reconnaissait une, notamment une version live de *Can't Find My Way Home*, où Eric Clapton enchaînait une descente d'accords dont il avait le secret.

Assis sur le siège passager, le visage préoccupé, John jeta un coup d'œil dans le rétroviseur extérieur et aperçut Maggie qui somnolait sur la banquette arrière. Elle battit des paupières et, l'espace d'un instant, leurs regards se croisèrent ; elle eut presque l'air malheureuse. Lester, lui, restait silencieux, les yeux fixés sur la route.

La brume commençait à se lever. Elle surgissait de l'est, et, à cette proximité, elle n'avait rien de différent de celle qu'ils avaient traversée entre Stockton et Modesto. D'un blanc lumineux, sans aucun reflet, elle avançait rapidement, voilant bientôt le soleil.

— Je ne vois plus rien, se plaignit Lester.

Le vent se faisait plus fort, et l'habitacle de la voiture craquait légèrement sous la pression. La brume progressait lentement, rappelant à John la tempête de la veille. Il devina qu'elle se déplacerait avec le même rythme instable et hypnotique.

— On va sortir à Fresno et attendre que ça se calme, annonça-t-il.

Lester resta silencieux, n'ayant visiblement aucune objection.

La brume continuait d'avancer, absorbant le ciel bleu et le bitume de la route. Du ciel bleu, il ne restait qu'une large bande, qui se réduisit peu à peu jusqu'à disparaître entièrement.

À Fresno, ils firent une halte au Tulare Street Bistro, une cafétéria réputée pour ses petits-déjeuners, ses brunchs, et son ambiance conviviale.

— Bonjour, qu'est-ce que je vous sers ? demanda une jeune serveuse avec un accent hispanique.

— Trois petits-déjeuners, répondit immédiatement Lester, visiblement affamé.

— Nous avons plusieurs formules, monsieur.

— Ah, très bien.

Après un bref coup d'œil à la carte, il enchaîna rapidement :

— Je vais goûter vos huevos rancheros.

Les huevos rancheros, un plat typiquement mexicain, se composent d'œufs, de haricots rouges, d'une sauce tomate épicée, d'avocat et de crème, servis sur une tortilla croustillante.

La serveuse se tourna vers Maggie.

— Et pour vous, madame ?

— La formule avec œufs brouillés, bacon et toasts beurrés.

— Et pour vous, monsieur ? demanda-t-elle en se tournant vers John.

— La même chose, répondit-il.

— Parfait. Je vous apporte de l'eau et du café.

Il commençait à faire sombre. Ce n'était pas le jour qui déclinait, mais plutôt l'impression que les lumières s'étaient éteintes à l'intérieur de la cafétéria. John croisa le regard de Maggie, ses yeux tristes et perdus semblables à ceux de la jeune femme dans le cadre doré accroché au mur de la cabane.

Un individu entra dans la cafétéria. Au début, personne ne remarqua sa présence. Mais quand la serveuse prit sa commande, John reconnut le son de sa voix. Il fronça les sourcils, son expression habituelle lorsqu'il était perplexe.

Il se leva, le visage préoccupé, légèrement hébété.

— Tout va bien, John ? demanda Maggie.

— Oui. Je reviens tout de suite.

Ses paroles avaient un ton d'obstination qui ne laissait place à aucun doute. Ses yeux balayaient la pièce rapidement, sans vraiment chercher quelque chose de précis. Puis il s'approcha de la table de l'individu.

— Que fais-tu là, Bob ? lança-t-il finalement.

Ce dernier leva la tête, esquissant un sourire.

— Salut, John. Je t'ai suivi, voyons !

— Depuis quand ?

Bob sembla embarrassé.

— Depuis que tu es parti avec Erin.

— Pourquoi ?

Quand John adoptait ce ton autoritaire, il n'y avait guère moyen de ne pas obéir, et Bob finit par céder.

— Eh bien… pour t'aider.

— Et ton boulot d'agent immobilier en Californie ?

Bob haussa les épaules, souriant.

— Le type qui m'avait embauché se fichait de moi. Pas de salaire fixe, alors j'ai laissé tomber.

John le regarda longuement, attendant des explications qui ne vinrent pas. Il n'insista pas.

La jeune serveuse apporta une bière à Bob, qui la leva en direction de John.

— À ta santé.

— Pourquoi as-tu mis tout ce temps pour venir me retrouver ?

Bob sourit à nouveau.

— En fait, je pensais le faire après que tu as déposé Erin. Puis j'ai perdu ta trace. Je t'ai retrouvé par hasard dans une station-service. Tu étais avec ces jeunes gens, alors j'ai préféré attendre le bon moment.

John resta pensif, examinant Bob en silence. Ce regard inquisiteur commença à troubler Bob, puis à l'inquiéter. Après quelques secondes d'hésitation, il hocha la tête, l'air résigné.

— Peut-être que tu sais quelque chose sur ce qui s'est passé à Bellingham ?

— Possible, répondit Bob. Mais si tu crois que je fais partie de cette bande, tu te trompes. J'en avais assez de cette ville, mais je n'ai pas sombré à ce point-là.

— J'espère bien. J'aimerais éviter d'avoir à te tuer.

— J'aimerais bien voir ça.

En prononçant ces mots, Bob s'était légèrement redressé, ses yeux lançant des éclairs, mais il s'affaissa rapidement en voyant Lester approcher.

— Ton problème, John, dit-il, c'est que tu ne sais pas t'arrêter à temps.

— Tout va bien ? demanda Lester, jetant un regard soucieux vers John.
— Oui, ça va, assura ce dernier.
— Besoin d'aide ?
— Non, tout est sous contrôle.

Lester opina et retourna à sa table.

John réfléchit. Un coup d'œil à l'horloge lui apprit qu'il était presque une heure. Bien qu'un peu crispé, il s'étonnait de son propre calme.

En rejoignant Maggie, Lester murmura, légèrement nerveux :

— Je me demande ce qu'il mijote.
— Les flics ont parfois de drôles d'idées, lui glissa Bob en passant près de lui.

Lester blêmit, un frisson de panique parcourant son visage. Sa lèvre supérieure se mit à trembler.

Flic ? pensa-t-il, abasourdi.

21

Bien avant de devenir taciturne, silencieux, et peu enclin à faire la conversation, John était un petit garçon bavard et extraverti.

Un jour, sur le chemin de l'école, il aperçut un corps sur la colline. Bien qu'il n'ait eu que dix ans, John trouva étrange qu'une personne ait choisi de dormir dans un tel endroit. Sa première idée fut de grimper pour voir de plus près, mais, en retard pour l'école, il décida de passer son chemin. En observant une dernière fois le corps étendu parmi les fleurs, il fut pris d'un léger malaise.

Si encore cela avait été un après-midi d'été, il aurait compris, mais ce matin-là, par ce froid d'hiver, l'idée lui semblait d'autant plus incongrue. Il se demanda si l'homme était resté là toute la nuit. Il escalada quelques mètres, mais s'arrêta net en entendant la cloche de l'école retentir. Il fit demi-tour et se lança dans une course effrénée, de toute la vitesse dont ses petites jambes étaient capables.

La première heure de cours se passa si bien que John oublia sa découverte matinale. Après la leçon d'algèbre, Madame Holt, la maîtresse, annonça l'activité d'expression orale.

— Jodie, veux-tu nous raconter ton week-end ?

La jeune fille entama alors une longue et ennuyeuse description de sa visite chez son oncle, à Seattle. L'attention de John ne tarda pas à flancher ; ce genre d'histoire manquait d'action et d'originalité. Il se mit à réfléchir à ce qu'il pourrait raconter au cas où la maîtresse l'interrogerait. À peine Jodie avait-elle terminé son récit qu'il leva la main et l'agita frénétiquement.

Madame Holt lui lança un sourire malicieux.

— Tu sais bien que je ne désigne jamais de volontaires, John. Ce ne serait pas juste, surtout pour ceux qui parlent plus que les autres.

Le visage de la maîtresse ne laissait aucun doute quant à la catégorie dans laquelle elle avait placé John, qui en rougit jusqu'aux oreilles. Cela ne l'empêcha pourtant pas de prendre la parole.

— J'ai vu quelque chose d'incroyable ce matin, confia-t-il.

— Quoi donc, John ?

— Un corps allongé sur la colline de Red Valley. Il était mort.

Certain d'avoir fait sensation, il jeta un regard autour de lui pour observer la réaction de ses camarades. Mais personne ne semblait réagir.

— Vous avez entendu ? demanda-t-il, furieux. Ce matin, j'ai découvert un homme mort.

Il se tourna vers la maîtresse pour voir sa réaction. La bouche béante, les yeux écarquillés, elle le fusillait du regard.

— Je te trouve bien insolent, John. Comment oses-tu inventer une histoire pareille ?

John bouillonnait intérieurement. Il savait que Madame Holt pouvait se montrer infecte comme une teigne, mais elle ne lui faisait pas peur.

— Je n'invente rien, maîtresse ! Il y avait bien quelqu'un, sur la colline. Je l'ai vu ce matin en venant à l'école !

La maîtresse bouillait elle aussi, tandis que John, sous ses airs de colère, se sentait intérieurement glacé comme un bloc de glace.

— Au tableau, John ! hurla-t-elle. Tu vas m'écrire...

Elle s'interrompit soudain, étouffant ses paroles, tandis que tous les élèves se tournaient vers la porte. Monsieur Granger, le directeur de l'école, se tenait dans l'encadrement, un sourire amusé aux lèvres.

— Eh bien, dit-il d'une voix feutrée, que se passe-t-il ici ?

— C'est John Snow, monsieur le directeur, répondit Madame Holt. Il essaie de faire peur à ses camarades en inventant une histoire macabre.

L'air pensif, Granger observa la maîtresse un instant avant de se tourner vers John, qui soutint son regard courageusement. Le directeur ne perdait jamais son calme.

— Pourquoi John inventerait-il une chose pareille ? demanda-t-il, étonné.

Il réfléchit un instant et produisit un étrange bruit de succion en inspirant de l'air entre ses dents. Puis, d'un geste de la main, il indiqua la porte à John, qui, fier comme un coq, traversa la classe en lançant un petit sourire de défi à la maîtresse. Quelques rires étouffés fusèrent derrière lui.

— Qu'est-ce que c'est que cette histoire ? demanda Granger une fois qu'ils furent assis dans son bureau, rempli de livres et imprégné d'une odeur d'encre.

John se redressa sur sa chaise, les genoux serrés.

— Comme je l'ai dit à Madame Holt, ce matin, en venant à l'école, j'ai vu un corps allongé sur la colline de Red Valley. J'ai pensé qu'il était mort, répondit-il avec un air innocent.

Le sourire de Granger s'effaça.

— Mort ? C'était un chien ? Ou peut-être un renard ? Pauvre John, tu as dû avoir peur ?

Furieux, John dévisagea le directeur.

— C'était un homme, confirma-t-il. Il était allongé parmi les fleurs, et il avait l'air mort.

Il ne remarqua pas que Granger, comme la maîtresse avant lui, commençait à perdre son calme.

— Tu en es sûr ?

John se demanda s'il n'était pas allé trop loin. Un homme allongé, d'accord, mais mort… Peut-être s'était-il avancé un peu vite.

— Il était pâle et immobile, murmura-t-il en baissant les yeux.

Granger soupira légèrement, s'adossa dans son fauteuil, et un mince sourire dévoila ses dents.

— C'était sûrement un vagabond, conclut-il en se grattant le menton.

— Non, répondit John, il était plutôt bien habillé.

Granger, qui en avait entendu assez, décida de faire preuve de fermeté.

— Très bien, ça suffit pour aujourd'hui, John. Je m'occuperai de tout expliquer à Madame Holt.

— Vous expliquerez quoi, monsieur ?

Granger se leva.

— John, ton problème, c'est que tu ne sais pas t'arrêter à temps. Retourne maintenant en classe, mon garçon. Nous reparlerons de tout cela un autre jour.

John traversa le bureau du directeur, enfila le couloir, tourna au coin et déboucha dans la cour. Une fois dehors, il prit ses jambes à son cou et s'éloigna de l'école, la rage au cœur.

22

Ils étaient désormais quatre et avaient repris la route vers midi trente. Il pleuvait encore, mais le vent s'était calmé. La route 99 en direction de Bakersfield était dégagée. À part deux ou trois camions, ils n'avaient croisé presque personne.

La radio jouait en sourdine lorsqu'un morceau attira l'attention de John : *Lay Down, Sally*, chantait Eric Clapton d'une voix calme et assurée. John était au volant, avec Bob assis à côté de lui. Sur la banquette arrière, Maggie regardait le paysage défiler, tandis que Lester rattrapait un peu de sommeil.

Dans son rêve, Lester conduisait sous une chaleur insupportable. Le soleil éclatant l'aveuglait et lui donnait le tournis. Ses yeux le brûlaient au point qu'il ne pouvait plus les ouvrir. La sirène d'un motard, poursuivant un chauffard, le ramena soudain à la réalité.

— Hein ? Que se passe-t-il ? s'exclama-t-il, encore confus.

Bob tourna la tête, surpris, et le regarda.

— Ce n'est rien, rendors-toi, le rassura Maggie.

Bob la dévisagea intensément, si bien qu'elle ne put s'empêcher de froncer les sourcils. Ils restèrent ainsi, en silence, pendant trente secondes ; il se rendait parfaitement compte de ce qu'il faisait, mais il ne parvenait pas à se maîtriser. Maggie blêmit, et esquissa un sourire crispé. Bob réalisa qu'elle n'était pas de celles qui s'évanouissent à la première émotion. Il se retourna alors pour fixer la route.

L'Arizona et ses couchers de soleil, c'était comme le guacamole et les nachos : l'un n'allait pas sans l'autre. En fin de journée, les quatre compagnons avaient dépassé Ash Fork.

— La nuit tombe. On va s'arrêter à Flagstaff, annonça John.

— Tu as raison, répondit Bob. Mes jambes sont complètement engourdies.

Une heure plus tard, la Chrysler quittait l'autoroute. John chercha un motel près de l'Interstate 40. Les options ne manquaient pas dans cette ville située au sud-ouest du plateau du Colorado et au pied des pics San Francisco, la chaîne de montagnes la plus haute de l'Arizona.

Ils décidèrent de s'arrêter au Green Tree Inn, un motel deux étoiles. Le parking était presque désert, et, à la réception, une jeune femme blonde au visage marqué par l'acné parut soulagée de voir arriver des clients.

— Bonjour, messieurs, dame. Bienvenue au Green Tree Inn. Que puis-je pour vous ?

Lester prit la parole en premier :

— Combien pour une chambre avec un grand lit ?

— Trente-neuf dollars.

— Trente-neuf dollars ? Et une chambre double avec deux grands lits ?

— Quarante-cinq dollars.

Lester se tourna vers Maggie et dit :

— Le mieux, chérie, c'est de partager une chambre.

Elle ne répondit pas, épuisée. Elle ferma un instant les yeux, puis, se reprenant, esquissa un sourire poli.

— Toutes nos chambres sont équipées d'un frigo et d'une télévision, précisa la réceptionniste. Comment comptez-vous régler ?

— Par carte, répondit John.

— John ! On partage, proposa Lester.

— Ce n'est que pour une nuit. C'est pour moi, réfuta John.

Lester se racla la gorge, visiblement gêné.

— Voici la clé. Chambre 22, dit la réceptionniste.

Maggie blêmit et entendit à peine sa propre voix murmurer :

— On s'occupera du repas.

Le téléphone se mit à sonner. La réceptionniste décrocha machinalement :

— Green Tree Inn Motel, bonjour. Que puis-je pour vous ?

Bob lui adressa un sourire, rappelant l'assurance des garçons qu'elle avait connus au lycée.

Quand les autres furent partis vers leur chambre, John resta à la réception et jeta un coup d'œil au badge de la jeune femme pour lire son prénom.

— Sara, c'est bien ça ?

— Oui, monsieur. Que puis-je pour vous ?

— J'aimerais parler au gérant.

Elle le regarda attentivement, puis répondit :

— Monsieur Vasquez ?

John la fixait, pensif, sans répondre, comme s'il entendait ce nom pour la première fois.

— Je vais le chercher.

Deux minutes plus tard, un homme grisonnant d'une cinquantaine d'années arriva à la réception.

— Que puis-je faire pour vous, monsieur… ?

— Snow. Je viens de la part de Ritter.

Vasquez soupira, remit en place un prospectus, et demanda :

— Marcus Ritter ?

— Oui.

Vasquez plissa les yeux.

— Venez par ici, fit-il en indiquant un coin plus discret.

John obéit sans protester.

— Vous arrivez un peu tard, monsieur Snow.

Le ton compatissant de Vasquez irrita John, qui répondit sèchement :

— Comment ça ?

Vasquez s'assit sur un fauteuil et expliqua :

— Les hommes que vous cherchez sont partis hier matin.

John se sentit indigné et s'exclama :

— Non ! Ce n'est pas possible !

Le gérant prit un air grave.

— La police tournait autour du motel depuis deux jours. Alors, ils sont partis comme des chiens galeux.

John le fixa :

— Où sont-ils allés ?

— Oh, difficile à dire. Peut-être vers le sud, ou à l'ouest. Qui sait ?

John chercha le regard de Sara, et un petit signe à peine perceptible passa entre eux avant qu'il ne reporte son

attention sur Vasquez. Il se tourna vers la sortie et quitta la pièce. Alors qu'il se dirigeait vers la chambre, la réceptionniste l'interpella :
— Monsieur Snow.
Il se retourna, l'air interrogateur.
— Tenez ! J'ai trouvé ça hier en faisant le ménage dans l'une de leurs chambres.
— Qu'est-ce que c'est ?
— Un papier qu'ils ont laissé sur la commode. Il y a une adresse écrite dessus.
Il attrapa le papier et lut :
219 Colorado Street, Smithville, Texas.
— Attendez ! dit-elle.
— Quoi ?
— Ils l'ont tué.
— Qui ça ?
— Ritter.
La nouvelle le laissa impassible. Il hocha simplement la tête et répondit :
— Merci.

23

La veille, à six heures trente du matin, Vasquez alluma les néons de la cafétéria du Green Tree Inn, retourna la pancarte « SORRY, WE'RE CLOSED » pour afficher « YES, WE ARE OPEN » et déverrouilla la porte principale. Peu après, une voiture de police noire et blanche, avec l'emblème POLICE FLAGSTAFF ARIZONA collé sur la portière avant, se gara sur le parking. Un agent en uniforme en sortit et entra dans la cafétéria.

— Bonjour, un café, marmonna-t-il en se hissant sur un siège de bar.

Vasquez le salua d'un hochement de tête, déposa une tasse devant lui et la remplit de café.

— Vous désirez manger quelque chose ?

— Non, merci, répondit l'agent de police, le visage couvert de taches de rousseur.

Pour s'occuper, Vasquez se mit à nettoyer le comptoir. Il n'engageait jamais la conversation par simple courtoisie ; amabilité ou non, il était le patron et n'avait pas besoin de sourire pour obtenir des pourboires. L'agent de police le suivait des yeux pendant qu'il s'éloignait du comptoir.

— Je vous ressers du café ? demanda Vasquez.

— Non, merci.

Vasquez se retira dans la cuisine et alluma le grill. Buddy, le cuisinier, et Sara arrivèrent peu après, tout comme trois clients : Meeker et ses deux complices.

Sara apporta trois grandes tasses et le menu. Tandis qu'elle leur servait le café, elle remarqua qu'un des hommes échangeait un regard avec l'agent de police.

— Vous prendrez quoi ? demanda-t-elle.

Meeker, l'homme le plus proche d'elle, avait les yeux clairs et injectés de sang.

— Trois petits-déjeuners complets, répondit-il.

Sara récupéra les menus.

— Je vous apporte ça dans quelques minutes.

L'agent de police suivit Sara des yeux alors qu'elle s'éloignait de leur table.

— Vous reprendrez du café ? demanda-t-elle.

— Non, merci.

En apportant les plats, elle sentit le regard de Jared, le plus jeune des hommes, la détaillant de la tête aux pieds avec une expression déplacée. Elle portait sa tenue de serveuse habituelle : une robe rayée jaune et blanc avec un tablier blanc, des chaussures en toile et un chignon serré à la base de son cou.

— Arrête de la mater comme un ado attardé ! grogna Meeker.

— Ça va, Meeker ! Tu n'es pas mon père ! répondit Jared.

— Vous reprendrez un peu de café ? demanda Sara.

Jared hocha la tête tout en mâchant une grosse bouchée d'œufs brouillés. Elle remplit sa tasse, notant qu'il semblait plus nerveux et avait meilleur appétit que les autres.

— Autre chose ? demanda-t-elle.

Meeker fit signe que non.

— L'addition, s'il vous plaît.

Elle patienta un instant avant de s'éloigner, bien consciente que Jared la suivait toujours du regard. Certains clients étaient impolis, mais ce genre de comportement restait rare dans cet endroit fréquenté surtout par des touristes de passage.

— Doyle, paie et rejoins-nous sur le parking, ordonna Meeker.

Pendant que Sara réarrangeait les tartes dans la vitrine réfrigérée, l'agent de police partit, suivi de Meeker et Jared. Doyle sortit peu après. En débarrassant leur table, Sara remarqua que seule une assiette était vide et jeta le reste des repas dans la poubelle, pleine à cause des restes de la veille.

— Buddy ! pesta-t-elle.

Il pleuvait dehors. Elle enfila un imperméable et prit la poubelle pour la vider dans la benne, qui se trouvait dans un coin du parking. Tandis qu'elle basculait le sac dans le réceptacle, des voix masculines lui parvinrent, portées par le vent qui s'enroulait autour de ses jambes blanches. Puis, soudain, elle entendit un bruit sourd qu'elle identifia aussitôt : un coup de feu.

S'accroupissant, elle observa les alentours pour localiser la source du tir. Les lumières de la cafétéria éclairaient quatre silhouettes sur le parking, à une trentaine de mètres. Jared, celui qui l'avait importunée de ses regards, brandissait un pistolet. L'agent de police gisait à terre. Tremblante, Sara se tapit davantage. Elle avait envie de rentrer, mais craignait d'être repérée.

Jared et Doyle chargèrent le corps dans le coffre du 4x4, tandis que Meeker montait la garde, tournant le dos à Sara sans remarquer sa présence. Lorsque Jared referma le coffre, Doyle lui demanda, contrarié :
— Qu'est-ce qu'on fait de lui ?
— Ritter était flic. Il aurait fini par nous balancer, répondit Meeker.

Sara, toujours cachée, tremblait de peur. Doyle prit le volant, regardant dans son rétroviseur, et démarra en direction du sud. Dès que le 4x4 s'éloigna, Sara surgit de sa cachette et se dirigea rapidement vers la porte de la cafétéria, trébuchant en chemin sur une borne de béton. Elle tomba, se blessant aux paumes et aux genoux, mais se releva tant bien que mal et se hâta à l'intérieur.

Dans le 4x4, l'aiguille du compteur frôlait les cent trente. Ils approchaient de Holbrook. Doyle, inquiet de la possibilité d'un contrôle de police, repensait aux nombreuses infractions enregistrées sur son permis. La tension montait, et lorsqu'un chien surgit soudainement sur la route, Doyle poussa un cri et freina brutalement, trop tard. L'impact résonna en lui comme un coup de massue. La voiture s'immobilisa en travers de la route.

— Bon sang ! Pourquoi t'as freiné ? cria Meeker.

Doyle ouvrit la portière et sortit, chancelant vers l'endroit où le chien gisait.

— Qu'est-ce qu'il fout ? demanda Jared.

Seigneur, priait Doyle, *faites que ce ne soit qu'un rêve...*

Il vit le corps étendu au bas-côté. L'animal semblait mort, mais Doyle s'approcha, pris d'une irrationnelle lueur d'espoir. En écoutant contre sa poitrine, il constata que le cœur ne battait plus. Pris de nausée, il se redressa, recula, et cracha dans le fossé, cherchant à chasser ce cauchemar de sa tête.

Dans le 4x4, Meeker et Jared observaient en silence. Doyle était secoué, envahi par une amertume profonde. Pourquoi ce chien s'était-il trouvé là, précisément à cet instant ? Doyle réalisa avec horreur qu'il ressemblait à Boone, son chien d'enfance. Il s'arracha à la contemplation du corps, retourna au véhicule, et alluma une cigarette, les mains tremblantes.

— Qu'est-ce qui te turlupine ? demanda Meeker.

Doyle resta silencieux, honteux. Chaque fois qu'il lisait dans les journaux qu'un chauffard avait fui après avoir renversé quelqu'un, il ressentait de l'indignation. Maintenant, il était l'un d'eux. Il pensait, malgré lui, à la honte que sa mère en éprouverait. Cette nuit-là, il dormit mal, hanté par l'image de Boone, surgissant de la nuit pour se jeter sous le 4x4, repoussant toute autre pensée au second plan.

24

Maggie terminait sa toilette. En sortant de la douche, elle s'était enveloppée dans une grande serviette en coton, laissant apparaître uniquement ses jambes et le haut de son torse. Elle détacha la serviette autour de sa taille et passa l'un de ses coins sur ses orteils pour absorber les dernières traces d'humidité.

Elle sortit de sa trousse un parfum « bon marché » et en pulvérisa le liquide odorant sur son torse et son visage. Munie d'une brosse, elle démêla ses cheveux blonds, désormais plus sombres depuis sa grossesse, presque bruns. Ils lui parurent tristes et sans vie lorsqu'elle les attacha.

Elle s'approcha du miroir pour examiner son visage. La ressemblance était frappante : elle rappelait Dorothy Malone, la brune devenue blonde platine dans *Écrit sur le vent*. Comme elle, elle souriait avec une tristesse dans le regard, et cela lui avait creusé une ride sur le front.

Elle avait de larges cernes sous les yeux. Normalement d'un bleu tirant sur le vert, ils lui renvoyaient ce soir-là un regard fixe et sans expression. Tout en se maquillant, elle se rappela qu'elle n'avait pas encore retrouvé son poids depuis sa fausse couche.

Lester eut un regard admiratif lorsqu'il la vit sortir de la salle de bains, vêtue d'une jolie robe à fleurs.

— Il y a un restaurant indien, le Delhi Palace, un peu plus haut sur South Woodland Village. Ça vous dit ? proposa-t-il.

Bob hocha la tête pour acquiescer.

— Je vous rejoins plus tard, prévint John. Je vais prendre une douche.

— D'accord, John, répondit Lester.

À en juger par le parking à moitié vide, les clients ne devaient pas se bousculer au restaurant. Ravi Rakha, un immigrant indien, avait racheté l'établissement un an auparavant. L'affaire déclinait alors rapidement, sans doute parce que l'ancien propriétaire n'avait pas su trouver les bonnes associations entre les plats, les boissons et le service. Mais après avoir rebaptisé et rénové le restaurant, Rakha avait inversé la tendance.

Nous étions mardi, un jour peu fréquenté dans une petite ville d'Arizona. Ils purent donc choisir leur table ; Lester, Bob et Maggie s'installèrent près de la fenêtre. Un serveur basané, coiffé d'un turban, leur apporta trois flûtes remplies d'une boisson orange.

— Qu'est-ce que c'est ? demanda Bob.

— Un cocktail de bienvenue.

Bob lorgna une table voisine et s'exclama :

— Ça sent bon !

— C'est du Cheese Naan, expliqua le serveur. Un pain chaud, badigeonné de beurre fondu et fourré de fromage… Je vous laisse consulter le menu. Bon appétit.

— Servez-nous un peu de ce pain, en attendant, demanda Bob.

— Très bien, monsieur.

Une fois servis, Lester fut le premier à se jeter sur l'assiette. Bob le regarda d'un air interrogateur pendant un moment.

— Allez-y, goûtez ! C'est délicieux, dit Lester.
— Vous en voulez, madame Grant ? demanda Bob.

Maggie fixait obstinément le sol, le regard ailleurs, sans répondre.

— Voilà ce que j'appelle du bon pain. Un vrai bon pain, lança Bob comme pour attirer l'attention.

Il mangeait sans quitter Maggie des yeux.

— Vous disiez que vous veniez de Bellingham, monsieur… ? demanda Lester.
— Farmiga. Mais appelez-moi Bob, c'est moins sophistiqué.
— Très bien, Bob… Donc, vous êtes de Bellingham ?
— Plus ou moins.
— C'est-à-dire ? insista Lester.
— J'étais jeune quand j'y suis venu, mais je n'y suis pas né.

C'était au tour de Maggie de le fixer droit dans les yeux. Ils frémirent tout à coup.

— Je suis né dans une caravane, à Laurel dans le Nebraska.

Maggie restait immobile, l'observant avec une attention soutenue.

— Mes parents ont déménagé à Bellingham l'été où j'ai appris à marcher.
— Et John, il est de Bellingham aussi ? demanda Maggie.
— Oui, madame. Il faisait partie de la police depuis cinq ans.

Le visage de Maggie devint grave.

— Vous dites « faisait » ?

— Oui… Il y a eu un braquage. Depuis, il a quitté la ville. Bien sûr, cela ne fera pas une grande différence une fois qu'il aura retrouvé les responsables.
Maggie parut confuse et se tourna vers Lester.
— Les meurtriers de…
Bob hésita, puis demanda :
— Il ne vous a rien dit ?
— De quoi ? demanda Lester.
— C'est vrai, ce n'est pas son genre.
Maggie écoutait tout cela en silence et avec dégoût.
— Vous disiez qu'il y avait eu un meurtre, reprit Lester.
— Un braquage a eu lieu à la Wells Fargo Bank. Une importante somme d'argent a été volée. Il y a eu des coups de feu. Une personne est morte… et c'était elle.
— Elle ? demanda Maggie, intriguée.
— Oui, ils l'ont tuée. La fiancée de John.
Maggie baissa les yeux, feignant de n'avoir rien entendu.
— Commandons, dit Bob. John ne semble pas vouloir venir manger ce soir.
Un silence profond s'installa, même les autres clients cessèrent de parler. Maggie, pâle comme une morte, fixait Lester sans pouvoir prononcer un mot. Le couple resta hébété pendant tout le repas, incapable d'apprécier les savoureux plats qu'on leur avait servis.
De retour dans leur chambre, Lester alluma la télé et se posa sur le lit.
— Je suis vanné, je me regarderais bien un western.

Assise à côté de lui, Maggie se massa le cou, visiblement dérangée par une douleur. Lester la rejoignit et s'étonna en la voyant retirer sa main.
— Laisse-moi faire, dit-il.
Ils se levèrent en même temps, face à face.
— Qu'y a-t-il, Maggie ?
Avant même qu'elle ne puisse répondre, il lui prit le bras.
— Tu es fatiguée. Tu veux dormir ?
— Non. Je vais chercher de l'eau au distributeur. La cuisine indienne m'a donné soif.
Lester acquiesça en zappant distraitement sur la télécommande.
Une fois dehors, Maggie balaya les environs du regard. La pluie avait cessé sur le parking. Les arbres, encore feuillus, luisaient sous les lumières du motel. Les buissons sombres masquaient presque les alentours. Elle aperçut John, assis sur un banc, tandis qu'un aboiement lointain se faisait entendre.
— C'est un coyote ? demanda-t-elle.
— Sûrement, répondit John. En 1880, j'aurais dit des Indiens.
Elle lui adressa un sourire timide.
— Vous voyez, dit-elle, c'est la campagne que j'aime. Quand Lester est couché, j'aime m'attarder dehors et m'imaginer au bord d'un immense jardin... Cet endroit n'est qu'une pâle imitation de la région d'où je viens, mais je serai triste de le quitter.
John hocha la tête.
— Où allez-vous ensuite ? demanda-t-il.

— Je l'ignore, mais ça commence à me préoccuper.
Il hocha de nouveau la tête.
— Bob nous a parlé de votre fiancée.
John la regarda, abasourdi.
— Vous voudriez en parler ? Je sais que ça ne me regarde pas, mais ça fait parfois du bien.
Cette fois, il lui lança un regard réprobateur.
— Vous avez raison, Maggie. Cela ne vous regarde pas, et ça ne me soulagerait pas.
Elle humecta ses lèvres.
— Bonne nuit, John.
— Maggie, il y a quelque chose que Bob ne vous a pas dit.
Elle se retourna, attentive.
— La raison pour laquelle ma fiancée est morte.
Elle attendit qu'il continue, l'air bienveillant.
— Il y a six mois, je ne pouvais plus marcher. Je traînais une blessure que je n'avais pas soignée. J'ai dû arrêter de travailler. Au bout de trois mois, l'indemnité de l'assurance ne suffisait plus pour payer les charges.
Il leva les yeux au ciel un instant avant de poursuivre :
— Elle s'appelait Molly... Elle avait décidé de suspendre ses études de droit pour travailler dans une banque.
Il s'interrompit à nouveau, puis ajouta :
— Elle était au travail, ce matin-là, quand ils l'ont tuée.
Maggie le regarda avec tristesse.
— Bonne nuit, John, dit-elle finalement.
C'est alors que Bob arriva. Il s'attarda à observer la robe à fleurs de Maggie. Elle croisa son regard et pâlit.

— Une femme fascinante, cette madame Grant, dit-il.
John haussa les sourcils tandis que Bob s'installait près de lui.
— Kelley a dit que tu es parti sans prévenir. Bien sûr, je sais ce qui te pousse à poursuivre ces ordures, mais...
Il attendit quelques secondes avant de reprendre.
— J'ai bien envie de t'accompagner.
John le regarda en silence.
— En quittant Bellingham, ils se sont dispersés, continua Bob. Ils étaient cinq. Deux cadavres dans la cabane à Mountain Gate. Il en reste donc trois en vie, et l'un d'entre eux a le butin.
— Alors ? demanda John.
— Alors, s'ils se dirigent vers le Texas, c'est qu'ils prévoient de fuir au Mexique. À moins que tu ne les retrouves avant, bien sûr.
— Et si je le fais ?
— Alors, le seul obstacle entre moi et les 135 000 dollars, ce sera toi.
John lui lança un regard grave.
— Bonsoir, John, fit Bob.
— Bob, l'interpella John.
— Oui ?
— Tu sais qui ils sont, n'est-ce pas ?
— Peut-être... Une chose est sûre, cependant. Eux, ils savent qui tu es. Voilà le problème quand on est flic. La seule fois où l'on se souvient vraiment du visage d'un homme, c'est quand on a refermé une cellule derrière lui.
Après un long moment de silence pesant, John se décida enfin à regagner la chambre.

À son retour, tout le monde dormait. Sans retirer ses bottes, il s'allongea sur le lit qu'il partageait avec Bob. Visiblement, il était trop fatigué. Il observa les murs en bois peints en marron et le plafond blanc où se reflétaient les lueurs d'un lampadaire. Sur le mur en face, au-dessus de la commode, était accrochée une photo ancienne de la rue principale de Flagstaff. Sur le fauteuil de l'autre côté de la porte coulissante, qui séparait les deux espaces de la chambre double, était posée la robe à fleurs que Maggie avait portée par cette chaude soirée de septembre.

25

John ouvrit les yeux. Il avait fini par s'endormir. La lumière du soir perçait doucement à travers les rideaux tirés. Quelque part, non loin de là, la bande de Meeker devait se cacher dans un motel. Dehors, il entendait des oiseaux chanter, un sifflement familier qui résonnait dans le silence.

Il se leva et traversa la chambre plongée dans la pénombre, écartant un des rideaux de quelques centimètres. Le parking du motel était désert, éclairé seulement par le néon lumineux affichant : VACANCY (chambres disponibles). Un vagabond vidait une bouteille de whisky en grommelant :

— Ces foutus subprimes m'ont ruiné. Bon sang ! Pourquoi ai-je écouté ma bonne femme ? Je n'aurais jamais dû acheter...

John le regarda s'éloigner, pensif :

Pauvre gars... lui aussi en bave, mais pour d'autres raisons.

Il baissa les yeux, repensant à Molly et aux débuts de leur relation...

Il restait souvent assis sur le canapé, attendant son appel. Une fois, après une longue attente, il avait même décidé de l'appeler lui-même, juste pour entendre sa voix, même si elle ne devait lui dire que : « John, on s'est quitté il y a à peine une heure. » Une autre fois, c'était elle. Il décrocha et dit :

— Bonsoir, Molly.

Il y eut un silence, assez long pour qu'il se demande s'il ne s'était pas trompé. Puis elle répondit :
— J'ai appelé en numéro masqué. Comment as-tu su que c'était moi ?
Il hésita, faillit faire une plaisanterie, mais répondit simplement :
— Parce que je n'ai pas cessé de penser à toi depuis qu'on s'est quittés.
— Hum… C'est mignon.
— Tu es bien rentrée ?
— Oui, tu oublies que j'habite dans la même rue.
Ils échangèrent quelques banalités ; la conversation n'avait rien de mémorable, mais l'important, c'était qu'ils parlaient. Molly bâilla doucement, comme une chatte, puis demanda :
— John ? Tu es sûr que ça va ?
— Oui. Je suis assis sur mon canapé, et j'ai envie de te voir.
Elle haussa les épaules, hésita, puis dit :
— Aujourd'hui, j'ai rencontré quelqu'un.
— Ah, bon ?
Elle s'étira lentement.
— Oui, un jeune homme très sympathique… charmant, même.
— Dois-je me réjouir pour toi ?
Avec un sourire mystérieux, elle baissa la voix :
— Je ne sais pas, John.
— Beau, riche et intelligent, j'imagine ?
Elle rit.
— Très beau et… intelligent.

John se mit à rire aussi.

— Dis-moi où il habite, que j'aille lui casser la figure.

Elle rit encore, et ce rire allégea un peu le cœur de John.

— Jaloux ? Ça me plaît, confessa-t-elle.

Après un silence, John répondit :

— Je ne vois pas de quoi tu parles.

— Oh, je ne voulais pas te froisser.

— De quoi parlons-nous exactement ?

Molly rit de plus belle.

— De toi et moi... Alors, tu comptes rester sur ton canapé, ou bien venir me voir ?

John rougit.

— Euh...

Molly s'approcha de la fenêtre.

— Je vais attendre que tu te décides, mais pas trop longtemps, car demain je travaille.

— Je ne voudrais pas te déranger si tu es fatiguée.

— Disons que j'aime être fatiguée dans tes bras.

— J'arrive.

Avant qu'il ne puisse ajouter autre chose, elle raccrocha. Il était prêt à la rappeler, mais sa batterie n'affichait que 10 %. Il rangea son téléphone, convaincu. Elle l'avait invité ; pourquoi attendre ?

Les lumières étaient allumées au rez-de-chaussée de l'immeuble de Molly. Il appuya sur l'interphone ; la porte se déverrouilla. Une fois devant son appartement, il sonna, sans réponse. Inquiet, il ouvrit la porte avec sa carte de crédit.

— Molly ?

Silence.

Il traversa le couloir jusqu'à la chambre. Le lit était soigneusement fait. Il appela à nouveau :
— Molly ?
La porte de la salle de bains était entrouverte, laissant échapper la lumière crue du néon. Il aperçut un verre en plastique contenant une brosse à dents et du dentifrice, ainsi qu'un flacon de parfum Chanel sur le lavabo. Quand il se tourna vers la baignoire, il la vit, allongée dans un bain de mousse, les yeux fermés, sa peau douce d'un doré tendre.

Il s'approcha et l'embrassa doucement sur le front, puis sur la bouche. Ses yeux s'ouvrirent un instant, le regardèrent, puis se refermèrent. Il enleva ses vêtements et s'allongea en face d'elle. Saisissant son pied, il y déposa un baiser. Elle murmura, peut-être « Oui, c'est bon. » Puis il la redressa doucement pour la prendre dans ses bras. Elle sursauta et ouvrit grand les yeux :
— John ? Pourquoi es-tu dans mon bain ?
Elle protesta faiblement, les yeux à moitié fermés.
— Laisse-moi dormir !
Il glissa un bras autour de sa taille et la porta vers la chambre. Les gouttelettes brillaient dans ses cheveux, et il sentit un émoi grandir en lui en découvrant les courbes de son corps. Elle le regarda avec une lueur d'humour :
— Coquin.
— Je n'ai pas pu résister en te voyant.
Il la déposa sur le lit et la couvrit d'une grande serviette. Elle le fixa, les yeux rieurs, et dit :
— Je veux vivre avec toi.

Un instant, il crut ne pas comprendre. Elle le vit hésiter, sourit, et il reprit ses esprits :
— Moi aussi.
Elle le regarda avec affection.
John s'agenouilla et la prit dans ses bras. Elle se serra contre lui comme une noyée.
Un miaulement de chat ramena John à la réalité, le ramenant à un autre souvenir avec Molly…
Ce matin-là, le réveil n'avait pas sonné, et les chiffres 00:00 clignotaient.
— John ! Quelle heure est-il ?
Il se réveilla en sursaut.
— Je ne sais pas ! On a dû avoir une coupure de courant.
Elle se précipita sous la douche.
— Oh non, c'est mon premier jour !
John se leva en vitesse :
— Je vais te préparer un café et des toasts.
Cinq minutes plus tard, Molly était déjà prête. Elle engloutit ses toasts, jeta un coup d'œil à sa montre et annonça :
— J'ai raté le bus, il faut que je prenne la voiture.
John sursauta.
— Attends, je l'avais réservée pour aller chez le kiné à onze heures !
Elle hésita, but d'un trait son jus d'orange.
— Je vais te ramener après.
Quand elle sortit, il l'attendait avec un sourire.
— Quoi ?
— On s'est réveillés il y a quinze minutes et tu es déjà aussi belle que le jour où je t'ai rencontrée.

Flattée, elle rougit.
— J'ai l'impression d'avoir oublié quelque chose…
Il lui déposa un baiser sur le front.
— Ce boulot ne changera rien entre nous, promis.
— Je sais.
Ils montèrent en voiture. Juste avant de démarrer, il la regarda, les yeux pleins de tendresse :
— Je suis fier de toi.
— Merci, répondit-elle, touchée.

26

Une lumière pâle éclairait la chambre. Dehors, le soleil brillait, et lorsque ses rayons frappèrent la fenêtre, leur éclat, que les stores filtraient, réveilla Bob. Maggie et Lester étaient déjà prêts, et John se rasait dans la salle de bain.

— On se retrouve à la cafétéria, dit Lester.
— John ? l'appela Bob.
— Oui ?
— À ton avis, quel âge elle a ?
— Qui ça ?
— Madame Grant.
— Comment veux-tu que je le sache ?
— Vingt-six ou vingt-sept ans, tu dirais quoi ?

Bob pénétra dans la salle de bain.

— C'est vraiment une belle femme, non ?

Il y avait dans ces questions quelque chose qui ne plaisait à John qu'à moitié. Il se passa de l'eau sur le front, comme s'il était fatigué au point d'avoir mal à la tête.

— Elle n'est pas vraiment laide, répondit-il.
— Un homme pourrait envisager de se marier avec une femme comme ça ?
— Tu oublies qu'elle l'est déjà.
— Pour l'instant, rétorqua Bob. Mais il n'en sera pas toujours ainsi.

John tiqua.

— J'ai rêvé d'elle cette nuit, poursuivit Bob. Elle disait : « Lâchez-moi », et je faisais tout ce qu'il fallait pour transformer son « lâchez-moi » en « prends-moi ».
John soupira.
— C'que tu peux être lourdingue parfois !
Bob se regarda dans la glace et poursuivit :
— J'ai envie de toi, disais-je dans mon rêve. Tu as une poitrine formidable. Dieu ne t'aurait pas donné une poitrine formidable s'il avait vraiment voulu que je ne te désire pas.
John soupira de nouveau.
— Ensuite, je pinçais ses tétons, elle se laissait aller en arrière, le souffle court, et je savais qu'elle était en train de céder. Alors, je l'ai cajolée, caressée, câlinée jusqu'à ce moment fantastique où je me suis enfoncé vigoureusement en elle, et peut-être qu'elle rechignait un peu. Elle se tortillait, et je lui ai donné du plaisir. Bon sang, que je lui ai donné du plaisir !
John demeura sans voix.
— Dans mon rêve, ça allait crescendo, continua Bob. Ses jambes se nouaient autour de ma taille. Ses seins frottaient contre ma poitrine. Et j'avais la trique. Bon sang, que j'avais la trique. Et puis… je me suis réveillé. Mon sexe était dur comme un roc… Je me suis levé tout émoustillé. Je l'ai regardée un instant pendant qu'elle dormait. Je me suis enfermé dans la salle de bains pour finir mon affaire. Ensuite, je me suis recouché.
John hocha la tête et dit :
— Tu viens ?
Ils avaient rejoint Maggie et Lester à la cafétéria.

Après quelques minutes de silence, Lester lança la conversation.
— Monsieur Farmiga, vous connaissez le Texas ?
— Je vous ai dit de m'appeler Bob.
— Heu, oui ! Pardon, Bob.
— Un peu.
— Alors, vous diriez qu'il reste combien de temps avant d'arriver à Smithville ?
John sourcilla en entendant le nom de cette ville.
— Si nous partons après le petit-déjeuner, nous y serons en fin d'après-midi. On devrait pouvoir dîner là-bas sans trop de difficultés, répondit Bob en dévisageant Maggie.
La jeune femme baissa les yeux.
— Comment avez-vous réussi à épouser une aussi belle femme ? demanda Bob.
John le fusilla du regard, mais Lester consentit à répondre :
— Eh bien, je…
— Nous sommes tombés amoureux, monsieur Farmiga, le coupa Maggie.
— Appelez-moi Bob. Je vous en supplie.
Il secoua la tête et reprit :
— L'amour ? Voilà qui est très romantique. C'est le problème pour les gens comme toi et moi, John. Dans la vie, nous n'avons jamais eu le temps pour le romantisme. Nous laissons ça aux autres types, gentils et doux.
Lester fronça les sourcils. Il sentit une brusque tension l'envahir.

— Ce sera toujours comme ça, je crois. Mais il ne faut pas croire que les gars comme nous ne plaisent pas aux femmes, poursuivit Bob.

Lester toussa pour se libérer du poids qui lui oppressait la gorge.

— Tenez, j'ai bien connu une jeune femme qui vous ressemblait beaucoup, madame Grant.

Maggie crut bien que son cœur s'arrêtait dans sa poitrine.

— Elle était mariée depuis peut-être trois ou quatre ans à un mari, genre, une poule mouillée.

Ces propos rendirent Lester nerveux.

Bob le regardait en esquissant un sourire, puis continua :

— Mais un jour est arrivé un grand type, avec une belle allure. Elle s'était enflammée tout de suite… La première question qu'on se pose, c'est pourquoi cette jeune femme, en apparence pleine de principes…

— Bois ton café, Bob, le coupa John.

Le sourire de ce dernier se durcit. Ses yeux brillèrent.

— Tu n'es pas intéressé par ce qu'elle a fait, John ?

— Vous dites qu'elle me ressemblait ? demanda Maggie.

Bob la regarda, la mine solennelle.

— Pas aussi jolie, madame. Rien que ses yeux. Ils n'avaient pas le vert intense des vôtres. J'ai du mal à me rappeler ses cheveux, mais ils ne pouvaient pas être aussi soyeux ni d'un blond aussi beau que les vôtres.

Maggie baissa les yeux et eut un mouvement de recul.

— Et la manière dont elle marchait, renchérit Bob... Rien à voir avec vous. Vous flottez comme si vous étiez irréelle. Et votre voix est si agréable, si douce.

John le foudroya d'un regard furibond.

— Tout homme souhaiterait que vous ne parliez qu'à lui et à personne d'autre... Oui, elle vous ressemblait, mais elle était loin d'être aussi jolie.

Lester demeura silencieux, comme s'il ne pouvait pas intervenir.

— Bon, je pense qu'on ferait mieux de partir si on veut arriver avant le dîner, prévint John.

— Alors, vous ne voulez pas connaître la suite de l'histoire ? Ça pourrait vous apprendre pas mal de choses, insista Bob.

Lester l'observait avec méfiance.

— Je ne comprends pas, dit-il.
— Vraiment ?

Lester fit non de la tête.

John, les yeux implorant pardon pour l'attitude irrespectueuse de Bob, dut intervenir :

— Il vient de te dire que non.

Bob eut un sourire railleur.

— Tu sais quoi ? renchérit-il. Au diable, si tu ne me rappelles pas ce grand type avec une belle allure, dont je parlais.

Il se tourna vers Maggie et ajouta avec un sourire réconfortant :

— Vous savez, celui qui est parti avec la jeune femme d'un autre gars.

Sentant son assurance la quitter, elle demeura assise, lèvres serrées, tandis que de multiples questions se bousculaient dans son esprit.

— Ce matin, on dirait que tout le monde te rappelle quelqu'un, Bob.

— C'est bien possible, John !

Il les regarda tous, se leva, puis dit :

— Allez, finissez-la, vous-même. Je vous attends dehors.

Maggie Grant était une femme douce, à peine enrobée et dont le charme gardait quelque chose d'adolescent. Ne s'étant jamais considérée comme une personne particulièrement forte ni mauvaise, elle avait été surprise, en sondant les profondeurs de son être durant le brunch, de découvrir un mental d'une trempe insoupçonnée. Qu'elle pût ainsi conserver son sang-froid tout en portant le masque douloureux de l'humiliation de Lester la stupéfiait.

En sortant de la cafétéria, elle interpella John :

— Attendez, dit-elle.

Il stoppa net et tourna les talons.

— Ces hommes que vous poursuivez, ils vous attendent à Smithville, n'est-ce pas ?

John la regarda d'un air interrogateur, incapable de répondre. Il leva les yeux vers elle. Le silence qui suivit fut le plus long qu'il eût jamais connu. Enfin, reprenant haleine, il dit :

— C'est possible.

Maggie redressa les épaules.

— D'accord, dit-elle. Mais, s'il vous plaît…

John opina d'un air compréhensif. Il dut y avoir un net changement dans l'expression de son visage, car Maggie s'empressa d'ajouter :
— Je vous en prie, soyez prudent.
— C'est bien mon intention.

27

Mary Shelley a écrit : « Le comportement criminel trouve le plus souvent son origine dans une frustration, un manque d'affection. »

Bob Farmiga avait ressenti ce manque depuis son plus jeune âge. Si son père n'avait pas été cet homme distant, et si sa mère avait été plus forte, il aurait peut-être pu entretenir des relations normales avec les autres. Pour attirer l'attention, il tentait d'imiter son père, un officier de marine, dont le charisme et l'autorité fascinaient. Mais rien n'y faisait. Toute son adolescence, il masqua son trouble par l'indifférence ou des provocations. Chez lui, cette blessure s'était installée si progressivement qu'il n'y voyait rien d'étrange. Il s'était bâti un mur d'indépendance pour se protéger du monde. Partout où il allait, les choses restaient les mêmes : même à Bellingham, il n'avait pas plus d'amis. On l'admirait, il inspirait une forme d'autorité, mais il vivait seul, malgré un certain succès auprès des femmes.

Bob s'éveilla en sursaut. Un cauchemar, sans doute. Il bascula les jambes hors du lit, regarda son réveil :

Six heures trente-cinq du soir.

Quelle journée ! Après sa brouille avec John, il avait fait une nouvelle rencontre. Peut-être aurait-il dû s'abstenir... mais comment aurait-il pu résister ?

La jeune femme allongée à ses côtés se tourna et se blottit contre lui. La vue de son corps nu lui coupa le souffle.

— Ça va ? demanda-t-elle.

— Ouais. Juste un mauvais rêve.

Elle changea de position, et il continua de l'observer. Sa peau mate et lisse semblait appeler tour à tour caresses et morsures. Sa poitrine généreuse et ses hanches majestueuses étaient d'une beauté troublante.

— Tu as aimé ? Comment tu m'as trouvée ? demanda-t-elle.

Il sourit d'un air rassurant :

— Tu es la plus belle femme que j'aie jamais eue.

Elle devina que c'était faux, mais cela l'amusait. C'était une aventure pleine de surprises, d'idées, et même de tendresse.

— Menteur ! s'exclama-t-elle.

— Je le pense vraiment. Ça fait longtemps que je ne me suis pas senti aussi proche de quelqu'un.

— Sérieux ? s'enquit-elle, intriguée.

— Oui, ma belle.

Elle le dévisagea, songeuse.

Il passa un bras autour de ses hanches.

— Tu es tellement désirable, dit-il.

— Tu n'es ni le premier ni le dernier homme à me dire ça.

Bob lui sourit, un sourire désarmant.

— C'est vrai, je t'assure !

Elle soupira :

— Je vais te raconter une histoire.

Bob hocha la tête, l'encourageant à continuer.

— La dernière fois que j'ai couché avec quelqu'un… Ou plutôt avec deux hommes…

Surpris, il demanda :

— Pourquoi tu me racontes ça ?

— J'ai besoin de raconter. Après, je partirai si tu veux.

— Vas-y, je t'écoute.

Elle prit une profonde inspiration.

— Six mois plus tôt, je vivais à Los Angeles avec Harry Miller, un réalisateur de films Z.

— Des films Z ?

— Oui, des productions à petit budget, un peu érotiques, expliqua-t-elle.

Il hocha la tête, et elle continua :

— À cette époque, je pensais avoir rencontré l'homme de ma vie. Harry réalisait des navets, mais il était gentil, et je comptais pour lui. Il m'avait même fait tourner dans un de ses films. Bon, il me fournissait de la drogue, mais j'étais déjà accro avant de le rencontrer.

Bob fronça les sourcils, intrigué.

— Il disait qu'il maîtrisait la situation et, pour me soulager, il m'approvisionnait en coke. Je me défonçais pour oublier que je n'étais pas une grande actrice.

Bob lui offrit un sourire forcé.

— On vivait ensemble depuis deux mois environ lorsqu'il est rentré avec un vieil homme en costume trois pièces. On a dîné avec lui, et je me suis vite aperçue qu'il ne me quittait pas des yeux. Mais je n'avais aucune raison de m'inquiéter, puisque j'étais avec Harry.

Bob restait silencieux, l'écoutant attentivement.

— Après le dîner, j'ai dit à Harry que j'étais fatiguée et voulais aller me coucher. Il a répondu : « D'accord, dis bonne nuit à notre invité. » Une fois dans la chambre, je me suis changée, puis le vieil homme est entré en murmurant : « La nuit n'est pas finie, ma belle. » J'étais sous le choc, mais Harry me rassura d'un « Tout va bien, Anita. »

À l'évocation de son prénom, Bob se rappela leur rencontre dans un bar de Smithville.

— Harry m'a dit que Monsieur Goldsmith, ce vieil homme, produirait son prochain film s'il obtenait une petite faveur. J'ai refusé, mais Harry a insisté.

Bob grimaça en entendant cela.

— Le vieil homme m'a poussé sur le lit. Harry m'immobilisait pendant que ce type me touchait…

— Arrête, tu n'es pas obligée de me raconter tout ça, la coupa Bob.

— Non, j'ai besoin d'en parler tant que j'en ai le courage, insista-t-elle.

Il hocha la tête en silence.

Elle reprit, racontant en détail cette expérience traumatisante, jusqu'à ce que des coups frappés à la porte les interrompent. Bob ouvrit, découvrant la femme de ménage en uniforme.

Il referma la porte et regarda Anita avec attention avant d'annoncer :

— Waouh, six heures cinquante-deux ! Je dois y aller, j'ai un rendez-vous important.

Elle le fixa, incrédule.

— Quoi ? Mais, enfin…

Il sourit, se pencha pour l'embrasser, et ils sortirent ensemble du motel.

Sur le parking, il se tourna vers elle :

— On se retrouve ce soir ?

— Quand ?

— Neuf heures ?

Elle hocha la tête avec un léger sourire.

Bob se rendit au Rio Social House. L'endroit était désert, à l'exception d'un homme endormi à une table. Agacé, Bob fit basculer sa chaise.

— Où est passé tout le monde ? demanda-t-il.

Un homme sortit d'une porte dérobée.

— Salut, Bob, fit-il en souriant.

— Meeker ! Je me doutais bien que je te trouverais dans le coin.

Meeker fit signe au vieil homme de partir et eut un mouvement de tête faussement sympathique.

— Tu es bien loin de chez toi, pas vrai ? fit remarquer Bob.

Les yeux de Meeker étaient bouffis d'alcool, et ses épaules voûtées semblaient trahir un étrange frisson sous la chaleur de l'été. Les mains enfoncées dans ses poches, il jouait avec des billets, dont le bruit froissé et rythmique se faisait entendre.

Bob s'approcha de lui, jetant un coup d'œil au fond de la salle pour vérifier si quelqu'un d'autre arrivait. Puis, il le regarda distraitement et demanda :

— Où sont tes amis ?

Les yeux de Meeker s'écarquillèrent. Son expression, mi-amusée mi-inquiète, était saisissante.

— Incroyable ! s'exclama-t-il. Toi aussi, tu es bien loin de chez toi.

Bob esquissa un sourire pincé.

— Ouais, et je ne suis pas prêt de rentrer.

Il sortit une poignée de billets de sa poche, en détacha un de cinq dollars et le posa sur le comptoir.

— Je t'offre un verre ?

— C'est moi qui te l'offre, répondit Meeker.

Il lui versa une rasade de bourbon dans un verre.

— Santé, dit-il.

Bob attendit, mais Meeker demeurait silencieux. Se rapprochant de lui, il demanda :

— C'est drôle, non ? Aller si loin pour finalement se retrouver ici.

Un faible sourire passa sur le visage de Meeker. Il prit une gorgée et rétorqua :

— Personne ne descend vers le sud sans une bonne raison. Et toi, Bob, tu as une raison particulière ?

Bob sentit son estomac, vide, se contracter.

— Que veux-tu dire par là ?

Meeker sourit, dévoilant ses grandes dents bien alignées, tandis que ses yeux gonflés restaient impassibles.

— J'ai entendu dire qu'il y a eu un hold-up à Bellingham.

— Oui, j'en ai entendu parler, confirma Bob.

Meeker but une autre gorgée et ajouta :

— Ça risque de mal tourner pour ceux qui ont fait le coup, si on les attrape.

— Ouais, c'est sûr.

À ce moment-là, Doyle entra dans le bar et parut surpris de voir Bob avec Meeker.
— Tout va bien ? demanda-t-il.
— Tout va pour le mieux. Prends un verre, Doyle, dit Meeker.
Doyle déglutit difficilement avant de répondre :
— J'en ai bien besoin.
Bob l'observa avec curiosité tandis qu'il s'appuyait au comptoir.
— Où est Jared ? demanda Meeker.
— Il était fatigué. Il fait une sieste dans l'appartement.
Meeker s'installa à une table, redressa un verre qu'il avait renversé et prit une posture indiquant qu'il était prêt à discuter.
— Que viens-tu faire dans ce trou perdu, Bob ?
— Moi, rien. Mais il y aura quelqu'un six pieds sous terre quand Snow débarquera.
Cette remarque fit rougir Meeker.
— John Snow ?
Bob hocha la tête.
— Qu'est-ce qu'un agent de patrouille pourrait bien vouloir à des braqueurs de banque ?
— Sa fiancée a été tuée lors du braquage.
Meeker plissa les yeux, visiblement contrarié.
— Merci pour le verre, dit Bob en faisant mine de partir.
— Attends ! l'interpella Meeker.
— Oui ?
— Snow en a déjà tué deux, non ?
Bob se retourna.
— Ouais.

Meeker se leva.

— Et toi, pourquoi tu es ici ?

Bob fit la moue, ne répondant pas.

Meeker relança la conversation :

— Les gars qui ont fait ce coup-là ont emporté cent trente-cinq mille dollars.

— Je sais, confirma Bob.

Meeker resta pensif un moment.

— Alors, imagine s'ils savaient où trouver le type qui les poursuit, avant qu'il ne les trouve lui-même. Ils auraient une bonne chance de régler son compte, tu ne crois pas ?

Bob s'apprêtait à sortir, mais il se ravisa.

— Et cette belle somme serait payée quand ? demanda-t-il. En supposant, bien sûr, que tu sois de ces gars-là.

Meeker sourcilla. La question pouvait paraître naïve, mais Bob ne l'était pas. Il jeta un coup d'œil à Doyle, fit quelques pas et répondit :

— Quand la voiture arrivera à destination.

— Quelle voiture ? demanda Bob.

— Un homme transporte cette somme pour nous depuis Bellingham. Il s'appelle Lester Grant.

Bob réprima un sourire et hocha calmement la tête sans ajouter un mot.

28

La Chrysler était garée devant la pompe numéro 1 de la station-service Riverside Exxon. John ressortit de la boutique, l'air songeur, tandis que Lester remplissait le réservoir avec un air grave.
— Pas de nouvelles de Bob ? demanda-t-il.
— Non.
John récupéra ses affaires dans le coffre, puis dit :
— C'est ici que nos chemins se séparent.
Lester soupira et se redressa.
— Eh bien, John, bonne chance.
— À vous aussi.
— Et merci pour tout.
— John, l'interpella Maggie.
Il se retourna et s'avança vers elle.
— Je ne peux pas vous laisser partir sans une chemise propre. Je l'ai lavée pour vous.
Ce geste de gentillesse sembla le mettre mal à l'aise. Il baissa les yeux et murmura :
— Merci.
Elle se mordit la lèvre.
— On aura l'occasion de vous revoir ?
John releva la tête. Une lassitude si profonde se lisait dans son regard qu'elle se sentit soudain confuse et légèrement coupable.
— Je l'ignore, dit-il.
Maggie se mordit de nouveau la lèvre.
— J'aurais voulu que vous renonciez.

Que pouvait-elle dire d'autre, sinon admettre qu'elle avait peur ?
— Vous savez bien que c'est impossible.
Elle prit un air maussade.
— Ils vont vous tuer, vous le savez ?
— Demain sera différent d'aujourd'hui, d'hier, du passé.
Maggie, à ces mots, ressentit un frisson d'incrédulité lui parcourir l'échine.
— Vous avez choisi de mourir ?
— C'est bien possible.
— Pourquoi ?
Elle faisait de son mieux pour cacher son angoisse, mais elle ne parvenait pas à effacer complètement la tension dans sa voix.
— Écoutez, Maggie. Je vous remercie pour votre attention.
— Vous l'aimiez beaucoup, n'est-ce pas ?
John inclina la tête et déglutit avant de répondre :
— C'était une femme formidable.
Maggie hocha la tête, essuya discrètement une larme et murmura :
— Elle devait l'être, c'est certain.
Touché par tant de compassion, John la prit naturellement dans ses bras.
— Au revoir, Maggie.
Il se détourna et elle entendit ses pas s'éloigner. Il marcha le long de la 4e rue sur une centaine de mètres avant de tourner à gauche sur Main Street. Le 219 Colorado Street se trouvait à environ un kilomètre.

Jared goûtait pour la première fois depuis longtemps à un vrai repos. Quelque chose l'avait réveillé, son instinct lui soufflait que quelqu'un s'était introduit dans l'appartement. Il ouvrit le tiroir de la table de nuit, saisit le revolver qu'il avait rangé là avant de dormir, et tendit l'oreille, à l'affût du moindre bruit suspect. Hormis les battements agités de son cœur, il n'entendait que le bourdonnement du climatiseur. Il scruta la pièce, mais rien ne semblait menaçant. Pourtant, la porte de la chambre était entrouverte, et il avait l'impression de ne pas être seul.

Une silhouette masculine apparut soudain dans l'encadrement de la porte, le paralysant. L'ombre s'approcha de lui.

— Réveille-toi, Jared. Meeker nous attend.

— Bon sang, Doyle, tu m'as fichu une de ces trouilles !

— Il y a de quoi ! Je viens d'assommer un type qui tentait de s'introduire dans l'appartement.

— Il est mort ?

— Non... De toute façon, on n'a pas le temps de s'en occuper. Le temps presse, habille-toi !

Pendant ce temps, Lester et Maggie avaient suivi John et attendaient que Jared et Doyle s'éloignent.

— Maggie ! cria Lester.

John était étendu au sol dans le couloir, le visage ensanglanté.

— Je vais m'occuper de lui, dit-elle.

Elle lui nettoya le visage avec un mouchoir blanc.

— Comment va-t-il ? demanda Lester.

— Je n'en sais rien. Il est toujours inconscient.

Maggie s'interrompit brusquement, le visage figé, et mit la main devant sa bouche.
— Tu crois qu'il nous entend ?
— Je peux faire quelque chose ?
— Non.
Elle avait peut-être répondu un peu trop vite, car Lester haussa les sourcils.
— Il faut l'emmener à l'hôpital.
— On ne peut pas ! Avec quoi allons-nous payer les frais ?
— Mais il pourrait mourir.
Elle inspira profondément avant de répondre :
— Tu crois que je ne le sais pas ?
— Comment vas-tu t'y prendre ?
Peut-être était-ce son imagination, mais cette fois, Maggie perçut une pointe de réprobation dans la voix de Lester. Elle se sentit rougir, mais le regarda droit dans les yeux et répondit calmement :
— Écoute-moi bien, Lester.
— Oui.
— Si John n'avait pas été là, on serait encore dans la boue, à mille lieues d'ici. Il avait des raisons de nous quitter, de bonnes raisons, mais il ne l'a pas fait, parce qu'il savait qu'on avait besoin de lui.
— Mais Maggie, tu dois…
— Trouve quelqu'un qui pourra nous aider à le soigner.
Visiblement désorienté, Lester répondit en s'écartant :
— Je ne peux pas faire ça.
Elle le regarda, abasourdie.

— Je dois prendre la voiture, dit-il. J'ai quelque chose à faire, et il faut que je le fasse.

Elle continua à le fixer sans mot dire.

— Quand on était à Bellingham, je t'ai dit que j'avais trouvé un travail.

Il inspira profondément avant de reprendre :

— C'était vrai, mais ce n'était pas un travail comme les autres.

Il marqua une pause, hésitant.

— Tout ce temps, je me suis dit que j'aurais dû refuser, mais on était fauchés, tu te souviens ?

Sa bouche était devenue sèche.

— Ils m'ont dit de ne pas poser de questions, juste de faire ce qu'on me demandait. Je te jure, je ne savais pas que ça prendrait cette tournure.

Médusée, Maggie tentait d'assimiler ce qu'elle venait d'entendre.

— Lester, qu'essaies-tu de me dire ?

Il poussa un long soupir, comme à chaque fois qu'il devait dire la vérité.

— Maggie, viens voir.

Ils laissèrent John et se dirigèrent vers la voiture. Lester ouvrit le coffre arrière, souleva le tapis qui dissimulait la roue de secours et révéla un gros sac en toile marqué du logo de la Wells Fargo Bank.

— Voilà ce que je tente de te dire. Ils m'ont promis trois mille cinq cents dollars pour transporter ça jusqu'à Smithville.

Maggie écarquilla les yeux.

— Non, Lester, tu n'as pas pu faire ça.

— Et maintenant, ils m'attendent dans un bar, le Rio Social House. Je dois livrer ce sac aujourd'hui.

Elle secoua la tête.

— Rends ce sac à la police, Lester.

— Maggie a raison, intervint John, apparu derrière eux.

Lester sentit un frisson glacé le parcourir. Le regard de John s'assombrit et, mal à l'aise, Lester balbutia :

— Si je ne livre pas ce sac, ils me tueront.

— Je m'en occupe, assura John. Maggie, montez dans la voiture.

Elle obéit en silence, s'agitant nerveusement sur son siège. Après une hésitation, elle demanda :

— Vous venez avec nous ?

John garda le silence un moment, puis finit par dire :

— L'autoroute est à un kilomètre. Prenez-la et filez vers l'ouest.

— Qu'allez-vous faire ? demanda Lester.

John se pencha vers lui.

— Ils sont après l'argent. Si vous ne le livrez pas, ils viendront à moi.

— John, venez avec nous, je vous en prie, supplia Maggie, la voix tremblante d'abattement.

— Je ne peux pas. J'ai bien réfléchi : ma seule chance, c'est qu'ils viennent à moi.

— Ces hommes, John, je ne savais pas ce qu'ils avaient fait. Vous devez me croire, dit Lester.

— Si j'avais pensé le contraire ne serait-ce qu'une seconde, je vous aurais déjà tué. Maintenant, filez !

29

La voiture s'éloigna de la bordure du trottoir et prit la direction de l'ouest. Mais Lester n'était pas dans son assiette. Arrivé à l'entrée de l'autoroute, il se gara sur le bas-côté.

— Maggie, on devrait aller voir la police. On ne peut pas laisser John tout seul à les attendre, dit-il d'une voix tremblante.

Elle hocha la tête en guise d'approbation. Il fit un effort pour se ressaisir et décida d'opérer un demi-tour, en direction du centre-ville.

Pendant ce temps, l'ambiance était tendue au Rio Social Club. Tout le monde, à commencer par Jared, commençait à s'impatienter.

— Grant devrait déjà être là. Peut-être qu'on devrait...

— Ferme-la ! le coupa Meeker.

— À ta place, je n'aurais jamais confié le fric à cette poule mouillée, renchérit Bob.

Meeker s'agita dans la salle pendant un bon moment, puis se tourna vers Bob, un sourire penaud aux lèvres.

— Je commence à croire que tu as raison.

— Ouais ! Comment comptes-tu t'y prendre pour éliminer Snow ?

Meeker se prit le front dans ses deux mains et poussa un profond soupir.

— Désolé, reprit Bob d'une voix douce, je ne voulais pas taper là où ça fait mal.

Meeker s'approcha de la vitrine. Il resta là à regarder, non la rue déserte, mais le ciel où, grâce à l'heure d'été, s'attardait encore la faible lueur du soleil couchant.

— Tu peux dire tout ce que tu penses, Bob, fit-il en se retournant.

Les mots se bousculaient sur ses lèvres.

— Tu veux vraiment savoir ce que je pense ? Je crois que tu as engagé cet homme pour ensuite t'en débarrasser.

Meeker lui lança un regard d'avertissement, un regard qui n'était pas de son âge.

— Tu crois que je pourrais faire ça ?

— Oui, sans hésitation.

— Alors, je pourrais te faire la même chose si j'en avais l'occasion.

Bob renversa la table qui les séparait.

— En voilà une.

Une minute passa. Meeker ordonna à Jared et Doyle de sortir.

— Bob Farmiga. Toi et moi connaissons ton terrible secret.

Bob le regarda, effaré.

— Quoi ?

— Ta petite amie, Selena Dobrev.

Bob parut déconcerté.

— Disons plutôt ton ex-petite amie.

— Je te conseille de la fermer, espèce de salaud !

Meeker eut un sourire pernicieux.

— Raconte-moi ! Qu'est-il arrivé à Selena ?

Bob secoua la tête.

— Je ne vois pas de quoi tu parles.

— Vraiment ? Moi, je vais te le dire... Il y a eu un accident. C'est toi qui conduisais, et vous rentriez du bal de promo.

Bob secoua de nouveau la tête.

— Ce n'était pas ma faute.

— Qu'est-ce qui s'est passé ?

Une pâleur cadavérique envahit le visage de Bob, mais il se garda bien de répondre.

— Hein ? insista Meeker.

Le regard de Bob s'anima.

— On faisait les fous. Selena n'arrêtait pas de rire. Et je conduisais très vite... Mon père ne me prêtait jamais sa voiture. Alors, on a pris celle de sa mère.

— La route était mouillée, la voiture a glissé ? demanda Meeker.

Bob le regarda intensément, mais ne put déceler la moindre trace d'ironie dans son regard.

— Je l'ai secouée, mais je n'ai jamais pu la réveiller... Selena était couverte de sang. Il y en avait partout.

Il marqua une pause, puis reprit :

— Sa mère a dit que c'était ma faute. C'est ce qu'ils ont tous dit.

Une larme coula sur sa joue.

— On devait passer toute notre vie ensemble. Elle m'aimait de tout son cœur. Elle avait confiance en moi.

Meeker l'interrompit :

— Tu aimerais qu'elle te pardonne, mais elle n'est plus là pour le faire.

Bob ne répondit pas. Il se contenta de hocher la tête.

À ce moment-là, Doyle pénétra dans le bar et annonça :

— La voiture de Grant arrive.
Lester roulait lentement. Visiblement, il ne comptait pas se rendre au poste de police.
— Hello, Grant ! l'interpella Meeker.
Lester s'arrêta, puis se tourna vers Maggie.
— Désolé, chérie, dit-il.
Meeker s'approcha du véhicule.
— On commençait à croire que vous ne viendriez pas, ajouta-t-il en saluant Maggie.
Du doigt, il désigna une place où se garer.
— Et si vous gariez votre voiture dans le parking ? On va vous aider à décharger.
Lester l'interrompit :
— Il n'y a rien à décharger.
Meeker s'emporta aussitôt et demanda, sans pouvoir se retenir :
— Qu'avez-vous fait de l'argent ?
— C'est Snow qui l'a.
Bob, posté derrière lui, réprima un sourire.
— Il a dit que, si vous le vouliez, vous devriez venir le chercher, ajouta Lester.
Cette fois, Meeker avait vraiment mal à la tête. Les propos de Lester l'obligeaient à réfléchir.
— Et vous savez où il est ?
— Il est là où vos hommes l'ont laissé. Il est resté là-bas, il vous attend.
Meeker jeta un regard interrogatif vers Jared et Doyle. Jared fixa Doyle à son tour.
Tout le monde fit mine de retourner dans le bar quand Lester détacha sa ceinture de sécurité.

— Tu m'attends ici, Maggie.
— Lester ! Que fais-tu ?

Il sortit de la voiture et fit quelques pas lorsque Meeker l'interpella :

— Je suppose que vous pensez que je vous dois quelque chose, Grant.
— Non, mais j'ai une dette envers monsieur Snow.

Meeker comprit que Lester se dirigeait tout droit vers le poste de police, tout près, sur la 4e rue.

— Laissez-moi passer, dit-il.
— Allez-y.

Meeker sortit un couteau et le lui planta dans le dos. Maggie jaillit de la voiture et accourut vers son époux.

— Mon Dieu, Lester ! cria-t-elle.

Bob s'approcha d'elle et dit :

— Je m'étais trompé sur lui, madame Grant. Ce n'était pas une poule mouillée.

Et tout à coup, elle éclata en sanglots.

Meeker et sa bande bondirent dans le 4x4, qui démarra en trombe.

— Les salauds ! pesta Bob, qui réquisitionna la Chrysler pour rouler à leurs trousses.

30

Il faisait nuit désormais. À cette heure, seuls les délinquants écumaient encore les rues. Plus Bob sillonnait la ville à la recherche du 4x4, plus son humeur devenait sinistre, un mélange d'inquiétude et de fureur. Par chance, il tourna dans une rue au moment même où Meeker et ses acolytes descendaient de voiture. Il continua de rouler pour ne pas éveiller leurs soupçons, scrutant le quartier miséreux fréquenté par des oiseaux de nuit.

Il repéra une prostituée un peu plus loin. Penchée à l'intérieur d'une Pontiac, elle discutait avec un homme en quête d'un « bon investissement ». Bob s'arrêta à côté d'eux et les regarda avec culot. La Pontiac partit en trombe, et la prostituée se retourna, jetant à Bob un regard assassin. Il baissa sa vitre.

— Anita, c'est toi ?

Il détacha sa ceinture de sécurité et se pencha pour ouvrir la vitre du côté passager. Elle le regarda d'un air distant, puis se mit à arpenter le trottoir, l'ignorant ouvertement.

Tu parles d'une actrice ! songea-t-il en scrutant les rétroviseurs et les alentours.

Au loin, Meeker et sa bande marchaient avec une lenteur calculée. En les guettant, John retrouvait ses réflexes de flic, prêt à les affronter. Il savait une chose qu'ils ignoraient : peu importait la mort, car la peur de la mort était pire que la mort elle-même. De plus, il avait l'avantage sur eux, d'autant qu'il détenait l'argent.

Ce genre de situation déprimait tout le monde et avait le don de mettre Meeker dans un état indescriptible. Ils tournèrent au coin d'un bâtiment à la façade délabrée. Aucun signe de vie. Ils s'arrêtèrent et demeurèrent en silence.

Meeker regarda autour de lui, la gorge nouée.

— On y va, ordonna-t-il.

Jared pénétra dans l'immeuble en premier. Il n'y avait pas un bruit.

— Il n'est pas là, soupçonna-t-il.

— Va voir dans l'appartement ! lui commanda Meeker.

Jared s'exécuta. En ouvrant la porte, il esquissa un petit sourire.

— Je vous l'avais dit. Il n'est pas là.

L'appartement avait cet aspect triste et déserté qu'il prenait lorsqu'aucun locataire ne le louait.

Meeker fouillait tous les tiroirs, et Jared et Doyle virent l'un de ses yeux, clair, les observer avec une solennité imposante.

— Bon sang, où est-ce qu'il a mis l'argent ? fulmina-t-il.

En sortant, ils découvrirent un sac en toile floqué du logo de la Wells Fargo Bank, posé au bout du couloir.

— Allons-y, dit Jared.

— Attends, c'est sans doute un piège, l'alerta Meeker.

Jared sortit une arme et dit :

— Je vais voir de plus près.

Il avançait lentement, jetant des regards de droite à gauche à mesure qu'il passait devant chaque porte. Soudain, un coup de feu retentit. Jared pivota, regarda

Meeker et Doyle avec un air impassible avant de s'effondrer sur la moquette verte. Aussitôt, Meeker et Doyle se réfugièrent dans l'appartement.

— Que fait-on ? demanda Doyle.

— Il n'y a plus rien à faire, répondit Bob, qui les attendait à l'intérieur.

Le temps pour Doyle de sortir son arme, Bob lui tira dessus.

Meeker avait réussi à s'enfuir. Mais John l'assomma et le porta dans l'appartement voisin, en prenant soin de récupérer le sac rempli d'argent. En le regardant de plus près, un souvenir lui revint brusquement : cet homme qu'il avait croisé au State Street Bar, c'était donc lui.

Au bout de quelques minutes, Meeker avait repris connaissance.

— Alors, vous allez enfin me dire qui vous êtes ? demanda John.

Meeker inclina la tête comme un petit oiseau et le mesura du regard.

— Qui êtes-vous ? insista John.

Cette fois, Meeker le fixait d'un regard perçant, tel un faucon, mais l'heure était venue pour lui d'assumer les conséquences et de révéler sa véritable identité.

— Je m'appelle Timothy Roth... Je suis le père de Molly.

John secoua la tête. Une sensation de chaleur lui monta dans le cou et gagna ses joues. Ce n'était pas le moment de s'interroger sur son passé. Tout à coup, il se décida.

— Vous avez braqué la Wells Fargo Bank. Vous savez donc comment elle est morte ?

Meeker haussa les sourcils. Sans se laisser désarçonner, il s'assit et durcit la mâchoire, adoptant l'attitude de John.

— Personne n'a tué Molly ! C'était un malheureux accident.

John ouvrit de grands yeux, mais ne posa pas d'autre question.

— En plus, j'ignorais qu'elle travaillait là, ajouta Meeker.

Sa voix vibrante trahissait une inquiétude intense et sincère, qui le poussa à ajouter sans réfléchir :

— La veille, je voulais lui parler, mais après toutes ces années, je n'ai pas eu le courage de l'affronter.

Il coula un regard vers John et vit qu'il acceptait son explication.

— Toutes ces années écoulées sans la voir.

— Pourquoi ? demanda John.

La question arracha à Meeker un haussement de sourcils. Il esquissa une moue dédaigneuse.

— J'étais jeune, à l'époque. Le mariage, ce n'était pas mon truc. Et j'avais envie de connaître de nouvelles choses.

— Ouais ! Comme de braquer des banques, par exemple.

Meeker lui décocha un regard pantois.

John se frotta le menton et demanda :

— Ce soir-là, toutes ces choses que vous aviez dites sur elle…

— Je vous ai dit tout ça parce que je ne voulais pas que ma fille épouse un flic.

John dut prendre sur lui pour ne pas l'assommer de nouveau.

— Parlons plutôt de ton ami Bob, dit Meeker.

John leva les yeux au ciel. Il n'aimait pas Bob. Il ne l'avait jamais aimé. Il demeura silencieux. Meeker ne chercha pas non plus à en dire davantage. Tous deux savaient ce qui allait se passer.

On toqua à la porte.

— Ouvre, John ! ordonna Bob.

Meeker prit un air amusé, mais eut la sagesse de ne rien dire.

John soupira. La nervosité le gagnait.

— Il est encore temps pour toi de déguerpir, Bob.

— Tu sais bien que non. Pas avant d'avoir repris ce que je suis venu chercher.

Meeker sourit.

John soupira de nouveau et demanda :

— Ce gars en panique qui disait avoir vu une femme laissée pour morte sur une berge du lac Padden, c'était une fausse alerte, n'est-ce pas ?

Il y eut un moment de silence.

— Erin n'a jamais appelé, confirma Bob.

John secoua la tête et posa une main sur son front. Il jeta un coup d'œil vers la fenêtre. Il y avait une porte coulissante qui donnait sur un jardin.

— Venez ! On va sortir par là.

Meeker ouvrit de grands yeux, mais obéit.

Ils traversèrent la pièce sans bruit pour atteindre la terrasse. John commençait à sentir qu'il n'allait pas aussi bien qu'il avait voulu le faire croire à Meeker. La douleur du coup asséné par Doyle refaisait surface. Il crispa les doigts sur la crosse de son arme. Sa nervosité était telle que sa main tremblait et que les muscles de ses jambes étaient bandés, prêts à s'élancer dans une course folle.

Des coups retentissants ébranlèrent la porte de l'appartement, qui finit par céder. John et Meeker s'arrêtèrent net, tandis que Bob s'avançait vers eux. Un coup de feu retentit.

— Nom de Dieu ! jura Bob en posant une main sur sa poitrine ensanglantée.

Il s'écroula sur le sol et rendit l'âme. John souffla, baissa son arme et regarda Meeker. Il remarqua aussitôt son expression et le couteau.

— Avant que vous ne vous serviez de ça contre moi, laissez-moi vous dire…

Il n'eut pas le temps de finir et ne put dissimuler son étonnement lorsque Meeker lui planta la lame dans l'abdomen. Mais il se ressaisit l'espace de quelques secondes, le temps de lui tirer une balle en plein cœur.

Meeker tomba à terre. Il eut le temps de sourire avant de mourir.

31

La pièce était baignée d'une lumière pâle. Il flottait dans l'air une odeur fétide, mélange de désinfectants et de médicaments. Le même parfum que l'on sent en entrant dans une droguerie.

Un appareil émettait des bips au rythme des battements de son cœur. John tenta de soulever son corps, mais la douleur l'en empêcha. Il regarda son bras gauche : une perfusion était plantée dans son poignet. Il tourna la tête vers la fenêtre. Il faisait nuit.

— Où suis-je ? murmura-t-il.

Une démangeaison le tourmentait au bas du ventre. Il leva son bras droit et posa délicatement la main sur le pansement qui recouvrait sa plaie.

Malgré sa somnolence, il comprenait qu'il était dans une chambre d'hôpital, sans savoir où exactement.

Il avait soif et tenta de se lever pour atteindre le pichet en plastique rempli d'eau. Mais celui-ci se renversa. Le pichet roula hors de sa portée, et sa soif redoubla, la panique lui fit perdre tout sang-froid.

Il se redressa légèrement, étira ses bras et ne parvint qu'à effleurer le pichet du bout des doigts sans réussir à le saisir, le repoussant même un peu plus loin. Comprenant l'inutilité de ses efforts, il se ressaisit. Finalement, il ôta sa blouse, la lança en la retenant par une manche et attrapa le pichet comme s'il l'avait capturé avec un filet.

À cet instant, une femme en blouse blanche entra dans la pièce.
— Monsieur Snow ? Que faites-vous là ?
— J'ai soif.
— Laissez-moi faire.
L'infirmière, une brune aux cheveux tombant sur ses épaules, avait un visage agréable et un regard doux et clair.
— Buvez, dit-elle en maintenant un verre d'eau contre ses lèvres.
— Merci, mademoiselle.
— Doucement !
Elle posa une main sur son ventre et palpa délicatement le pansement qui recouvrait sa plaie.
— Ma blessure... c'est grave ? demanda-t-il une fois rassasié.
— Vous êtes tiré d'affaire, dit-elle. Vous avez eu beaucoup de chance.
Elle s'éloigna.
John tenta à nouveau de se redresser, mais une douleur aiguë lui vrilla l'abdomen. Il inspira profondément et, lentement, examina les alentours de la pièce du regard.
C'était une chambre d'hôpital des plus ordinaires. Ses vêtements étaient posés sur un fauteuil, emballés dans un sac plastique transparent. Sa chemise à fleurs était tachée de sang. Il jeta un coup d'œil vers la fenêtre, mais il ne voyait rien, seulement le reflet de son visage – un visage livide et fatigué.
Des voix résonnèrent derrière la porte de la chambre. L'infirmière revint, accompagnée de Maggie Grant, qui portait toujours sa jolie robe à fleurs.

— Maggie, murmura John.
Elle lui adressa un sourire triste.
— Vous n'êtes pas partie finalement ? Où est Lester ?
Elle baissa les yeux sans répondre.
Il la regarda, perplexe, et un terrible pressentiment l'assaillit. Pris de panique, il voulut se redresser, mais l'infirmière posa une main ferme sur son épaule pour l'en empêcher.
Maggie se pencha au-dessus de son lit.
— John, je suis venue vous dire au revoir. Je repars chez moi, au Canada.
Il lui sourit tranquillement et dit :
— Je crois que vous avez pris une sage décision, Maggie. Le Canada est un pays magnifique.
Elle acquiesça, puis ajouta :
— Arrêtez de vous reprocher ce qui est arrivé.
Il avait déjà entendu cette phrase.
— Un homme doit protéger la femme qu'il aime, rétorqua-t-il.
— Comme Lester ? Vous pensez que je lui en veux pour les choix qu'il a faits ?
John baissa les yeux.
Depuis la mort de Molly, il était en colère, en voulait à la terre entière. Alors, il lui fallait un coupable. Mais personne n'avait prémédité sa mort. En éliminant Bob, Meeker et les autres, il avait, en partie, libéré sa conscience. En partie seulement, car il se sentait coupable de ne pas avoir été là pour la défendre.
— Et maintenant, John, que comptez-vous faire ? demanda Maggie.

— Je vais reprendre mon poste de sergent de patrouille à Bellingham. Si jamais vous passez dans les environs, je m'arrangerai pour être là.
— Je m'en souviendrai.
Ils échangèrent un sourire.
— Tenez, j'ai acheté ça pour vous, dit-elle en lui tendant un disque vinyle.
— *Eric Clapton Unplugged*, édition de luxe ! s'exclama-t-il, ravi.
— J'espère que vous avez une platine pour l'écouter.
— Non, mais je compte bien m'en procurer une. Merci, Maggie.
— Au revoir, John.
— Au revoir, Maggie.
Elle se dirigea vers la porte, qui s'ouvrit sur l'infirmière, découpée en silhouette dans le couloir éclairé. L'infirmière s'inclina, laissant passer Maggie, puis referma la porte derrière elle.
À la gare routière de Smithville, au moment de monter dans le bus pour Albuquerque, Maggie interpella le conducteur :
— Chauffeur ?
— Oui, madame ?
— Retirez ma valise du coffre, je vous prie.
— Vous ne venez plus avec nous ?
Elle le regarda fixement. Elle semblait désormais maîtresse d'elle-même.
— Plus pour le moment, en tout cas.

Épilogue

Un soir, lors d'une soirée entre amis, John s'était enivré. Il gardait le souvenir d'avoir été promené d'un endroit à un autre, comme dans une grande maison avec un immense jardin. Il avait l'impression d'être à l'extérieur de lui-même, simple spectateur. Il restait tout juste assez conscient pour comprendre qu'il était ivre.

Un peu plus tard, il s'était allongé sur un lit. Molly, dont il n'arrivait pas à distinguer clairement le visage, s'approcha de lui et lui murmura quelques mots. Le son était étouffé, comme s'il lui parvenait à travers une épaisseur de coton. Il tenta de lui répondre, mais aucun son ne sortit de sa bouche. Il distinguait cependant sa coiffure et ses jolis yeux. Ce qui échappa de ses lèvres fut un murmure indistinct. Elle sourit et hocha la tête pour lui faire comprendre qu'elle l'avait entendu.

Soudain, il fut tiré de son sommeil par le cri perçant de sa compagne, et par le sang qui jaillissait de sa poitrine entaillée, retombant sur lui. Le couteau, qu'il tenait dans sa main gauche, était également écarlate. Il secoua la tête plusieurs fois, l'air misérable et désespéré, réalisant avec effroi qu'il était devenu fou – fou au point de commettre un crime involontaire. Cette évidence s'imposa à lui alors qu'il bondissait hors du lit et arrachait une bande de tissu du drap froissé pour comprimer la blessure de Molly.

— Mon Dieu ! Qu'est-ce qui t'arrive, John ? s'exclama-t-elle.

Ce n'est qu'un rêve, songea-t-il, relativement soulagé.

Pauvre Molly, fiancée à un homme qui venait d'essayer de la tuer tout en dormant. Il se mit à trembler, des larmes d'horreur et de compassion pour lui-même montant à ses yeux. Il hoqueta plusieurs fois, des spasmes violents contractant son estomac. Toutefois, pas un instant son attention ne se détourna du garrot, qu'il maintenait fermement alors qu'aucun sang ne s'écoulait en réalité de la poitrine de sa compagne.

Une semaine plus tard, lors d'un rendez-vous avec le docteur Midland, il apprit que Molly était morte depuis un an. Qui aurait pu le blâmer pour ses troubles, après ce qu'il avait vécu ? C'était une tentative étrange de la faire revivre, même si leur union était manifestement éteinte.

Ce n'est qu'un rêve, se répéta-t-il.

Un de ces rêves qui semblent plus réels que la réalité. Que lui, un homme comme lui, perde soudainement la tête lui semblait plus invraisemblable que cette vision.

En sortant du bureau de la psy, il se fraya un chemin dans le hall, passa devant la réception et se dirigea vers ce qui lui semblait être l'entrée principale. La moitié des gens qu'il croisait parlaient espagnol. Il ne comprenait pratiquement rien de ce qu'il entendait. Il franchit l'entrée comme un homme en état second – ce qu'il était réellement – et aperçut les pelouses vertes, des panneaux écrits en espagnol, ainsi qu'une longue allée d'accès incurvée. Une file de taxis attendait sur la droite. John se dirigea vers le taxi en tête de file, mais un autre véhicule,

plus loin derrière, se détacha, dépassa les autres à vive allure et stoppa directement devant lui.
— Taxi, monsieur ?
John ouvrit la portière arrière au milieu des protestations des autres chauffeurs. La conductrice, une jeune femme aux yeux verts et à la chevelure claire, lui demanda :
— Tu en as mis du temps, John !
— Maggie ! C'est bien toi ?

REMERCIEMENTS

Je remercie tous ceux qui, hier et aujourd'hui, m'ont aidé pour ce livre, et qui ont pris la peine et le plaisir de découvrir mon univers.

John Dorie, né le 29 octobre 1966, a écrit des nouvelles avant de publier des romans. Inspiré du réalisme de la littérature américaine du XXe siècle, sa boulimie cinématographique et ses références littéraires sont un élément moteur dans sa quête d'inspiration.

Livres déjà publiés chez BoD :
La Nuit du cauchemar
Dolores E. Hart
La Chose dans la maison
Le Visage du passé
Aux confins de l'aube et du crépuscule

https://www.bod.fr/librairie/
https://johndorieauteur.over.blog
https://www.babelio.com/livres/Dorie